MARGARET BURMAN

Pourquoi
me dire adieu ?

Traduit de l'américain par
Anne Dautun

Sweet Dreams

SPECTRES

HAUTE TENSION

L'édition originale de ce roman
publiée chez Bantam Books, Inc., New York,
a paru sous le titre :
HOW DO YOU SAY GOODBYE

Collection SWEET DREAMS
marque déposée (TM) de Bantam Books Inc.
© *Margaret Burman and Cloverdale Press, 1982*
© *Hachette, 1986.*
79, boulevard Saint-Germain, 75006 Paris.
Tous droits de traduction, de reproduction et d'adaptation
réservés pour tous pays.

A mon avis, je suis une fille ordinaire. Et je porte un nom tout simple, Lisa Kentwood. Certaines personnes assurent que je suis très jolie à cause de mes cheveux mi-longs blond vénitien mais, franchement, je crois que mon physique est normal, c'est tout. Je ne suis sûrement pas une beauté époustouflante, comme ma meilleure amie Candice.

Cela dit, en observant bien, on finit toujours par accorder quelque chose d'exceptionnel à la personne la plus ordinaire. Et j'espère que vous ne trouverez pas bizarre que ma particularité à moi, ce soit de confectionner des pâtisseries. Vous savez, moi je crois que cela n'a rien de bizarre — même si je suis la seule fille de quinze ans et demi de ma connaissance qui, en rentrant chez elle après le cours, se dirige tout droit dans la cuisine pour faire des gâteaux, pas pour dévaliser le réfrigérateur. Attention, je ne vous parle pas de ces ignobles mixtures déjà prêtes à cuisiner, mais de vrais gâteaux avec du glaçage au chocolat, de tourtes aux noix de pécan bien croustillantes et de pièces montées d'anniversaire à trois étages, décorées d'inscriptions et de roses de pâte candie.

Je crois que j'ai dû tomber amoureuse des pâtisseries à l'époque où je ne savais même pas allumer un four. Qui sait ? Peut-être quand j'ai vu mon premier gâteau d'anniversaire, le jour où j'ai eu un an ? Aujourd'hui, je me considère comme une professionnelle, parce que je fais commerce de ma pâtisserie. Ces temps-ci, ma réputation s'étend dans le voisinage et les commandes affluent.

En répondant au téléphone, à la maison, j'annonce toujours : « Lisa Créations, bonjour. Que puis-je pour vous ? » Quelquefois, c'est quelqu'un qui désire commander mon « Délice au chocolat » ou mon « Spécial anniversaire ». Bien entendu, de temps en temps, c'est Candice. Elle trouve mon attitude professionnelle à se tordre de rire et ne manque jamais de se payer ma tête.

« C'est bien Lisa Créations ? Ah, parfait, fait-elle d'une voix de clown, parce que je voudrais commander quatre mille coupes glacées pour demain matin neuf heures. Mais ça ne pose aucun problème, bien entendu ? »

Bon, revenons à mon activité de pâtissière. Comme je vous le disais, les commandes affluent et quelquefois, je ne sais plus où donner de la tête. Comment trouver du temps à la fois pour les commandes, pour le travail scolaire et pour mes loisirs ? L'automne dernier, j'ai même eu un cauchemar à ce sujet : je livrais un gâteau au lycée et mon devoir d'anglais à la soirée d'anniversaire d'un garçon de dix-sept ans. Je ne sais pas si vous croyez ou non aux songes prémonitoires, mais ce rêve-là m'avertissait clairement des ennuis qui me guettaient.

Tout a commencé un vendredi après-midi du mois d'octobre. Je me hâtais de mettre la touche finale au gâteau d'anniversaire que j'avais promis de livrer à six heures précises chez de nouveaux venus dans le voisinage, les Wiley. Je commençais à m'affoler car il était déjà tard, très près de six heures. Le gâteau n'était pas prêt et, de plus, j'avais un rendez-vous à sept heures et demie. Nous devions sortir en bande, ce soir-là, mon copain Lawrence et moi, et Candice et Mike, son petit copain à elle. A cet instant précis, ma mère, qui travaille à mi-temps comme agent immobilier, est rentrée du bureau chargée de deux gros sacs de provisions et a piqué une crise en se voyant obligée de les poser par terre parce que toutes les tables étaient encombrées de récipients, de bols mélangeurs et de roses candies alignées sur du papier paraffiné.

« Franchement, Lisa, tu exagères ! pesta maman. Je t'avais promis de préparer le repas plus tôt pour que tu sois prête à temps pour ton rendez-vous, mais comment veux-tu que j'arrive à cuisiner dans cette pagaille !

— Bon, bon, je sais, marmonnai-je. J'ai encore remis ça.

— Exact, approuva-t-elle. Tu as remis ça. »

C'est-à-dire que je n'avais pas su une fois de plus répondre non. « Oui, bien sûr, je prends votre commande. » « Oui, d'accord, je suis volontaire pour prendre un exposé. » « Mais bien sûr, Candice, tu peux me parler de ta dispute avec Mike. Si, si, je t'as-

7

sure. Je n'aurai qu'à me lever un peu plus tôt demain matin pour réviser mon partiel de maths. »

C'était ce que ma mère baptisait un Problème avec un grand P. Et ma sœur Ellie — qui est en première année de fac et veut devenir psychologue —, un syndrome névrotique. Pour mon père, ça s'appelait « être trop gentille ». Mais je savais bien que c'était plus sérieux que cela. C'était mon plus gros défaut. Mais rien à faire, je n'arrivais pas à m'en débarrasser. S'il y avait une chose que je redoutais, c'était bien de voir le désappointement se répandre sur le visage de quelqu'un, ou la colère percer dans sa voix quand il me fallait répondre non. Alors, je disais oui, oui, oui à pratiquement tout ce qu'on me demandait.

J'avais l'impression que cela facilitait les choses. Mais c'était loin d'être toujours le cas, bien entendu ! Quelquefois, ça les compliquait même sérieusement.

Après tout, j'avais rendez-vous dans quelques heures avec Lawrence et il constituait l'exemple parfait du genre d'ennuis que je m'attirais chaque fois que je manquais de franchise.

Je crois bien que je connais Lawrence depuis plus longtemps que n'importe qui. Depuis plus longtemps que Candice. Elle, je l'ai rencontrée en classe de quatrième, mais Lawrence et moi, nous sommes amis depuis l'école primaire. Aujourd'hui, nous allons tous en classe de seconde, au lycée de Creston, dans le Michigan.

« Je ne sais pas pourquoi, mais tu es le seul garçon avec qui je sois totalement à l'aise, avais-je déclaré à Lawrence au début de l'année. Tu comprends, avec toi, tout est simple. Je peux t'emprunter un pull, ou te demander de m'aider pour mes devoirs de maths sans être gênée du tout. »

C'était ma façon à moi de lui faire comprendre qu'il était un peu le frère que je n'avais jamais eu. Mais il prit la chose tout autrement.

« Je suis drôlement content que tu te sentes comme ça avec moi, Lisa », dit-il d'un air grave.

Et il me regarda en silence, si longtemps et avec tant d'intensité, que je fus pour la première fois mal à l'aise en sa compagnie.

Après ça, Lawrence se mit à me regarder souvent. Alors que je bavardais et riais après les cours au milieu d'un groupe d'élèves, je le surprenais à me fixer intensément.

« Ohé, Lawrence ! Viens avec nous ! lançais-je avec décontraction.

— Peux pas ! » répondait-il invariablement en s'éloignant, me disant au revoir d'un geste de la main.

Lawrence faisait des haltères tous les matins. Et il était aussi musclé et solidement bâti que tous les membres des équipes sportives du lycée. Mais Lawrence n'était pas un athlète, il ne faisait partie d'aucune équipe. C'était un solitaire — et il aimait les activités solitaires : la musculation, la bicyclette, les longues courses à pied.

Tout au fond de moi, je savais bien pourquoi Lawrence me dévisageait de cette manière. Je l'avais su à l'instant même où son attitude avec moi avait changé. Mais, comme d'habitude, je ne voulais ni lui faire de peine, ni le mettre en colère contre moi. Alors, quelle conduite avais-je adoptée ? Tout simplement aucune.

N'allez surtout pas imaginer que Lawrence était

une cloche. Surtout pas. Lawrence était un garçon superbe, formidable. Il avait des cheveux cuivrés, des yeux bleu d'azur, il était adorable, même s'il avait tendance à être un peu trop sérieux, un peu trop guindé. C'était un excellent ami, le meilleur des copains. Mais on n'aurait tout simplement jamais osé l'appeler Larry.

« Tu comprends, c'est ça, le problème, expliquai-je à Candice le jour où il me demanda de sortir avec lui. Pour moi, c'est un simple copain, pas un vrai copain.

— Je ne vois pas ce qui empêche qu'un de tes simples copains devienne "ton copain" », objecta-t-elle.

Nous étions toutes deux affalées sur son grand lit à baldaquin et je tortillais nerveusement le coin de son couvre-lit blanc et bleu, m'efforçant de trouver une réponse.

« Eh bien, j'imagine que pour moi, un copain c'est quelqu'un de très spécial, dis-je sérieusement. En tout cas, j'ai toujours pensé que mon premier "copain" le serait.

— Alors, pourquoi as-tu accepté de sortir avec lui ? demanda Candice en m'ôtant le tissu matelassé des mains avant que j'aie eu le temps de causer des dégâts.

— Parce que tout le monde sort avec les garçons, cette année, et que moi aussi j'en avais envie. Et puis, tu comprends, Lawrence est venu me trouver avec son air si sérieux, tu sais comment il est, Candice ! Et il m'a invitée au cinéma ! » explosai-je d'un seul trait.

Candice croisa ses longues jambes en tailleur, attendant la suite. La plupart du temps, c'était mon amie qui parlait de ses problèmes et c'était moi qui

10

écoutais. Mais quand j'avais besoin d'elle, elle savait être attentive.

« Tu sais, assurai-je, d'abord, j'ai dit non. Je te jure que j'ai dit non !

— Ouais, mais je vois d'ici comment ça s'est terminé, enchaîna Candice en hochant la tête d'un air entendu. Il a pris son air de chien battu et tu n'as pas eu le cœur de refuser. Exact ?

— Exact, admis-je. Je lui ai couru après et je lui ai dit que je n'étais pas prise du tout, samedi soir, mais que j'avais joué la coquette. Et tu sais, Candy, c'était peut-être vrai. Parce que quand il a quitté son air triste et qu'il m'a fait un grand sourire, je me suis sentie tellement soulagée !

— Eh ben ! Toi, tu as vraiment un Problème ! » déclara Candice en secouant la tête.

Et c'est ainsi que je me mis à sortir avec Lawrence. Pour être franche, nos rendez-vous étaient très amusants. Ce qu'il y a de formidable, avec lui, c'est qu'on n'est jamais à court de sujets de discussion. Surtout parce qu'on n'est pas souvent d'accord. Quand Lawrence aime un film, je le déteste, et réciproquement. Nous passons ensuite une bonne heure à discutailler et à faire valoir nos opinions.

Quelquefois, Lawrence me parlait de moi-même.

« Tu sais, tu es quelqu'un, Lisa. Tu es tellement différente des autres filles. Vraiment spéciale. »

Chaque fois qu'il abordait ce sujet, je me sentais très, très mal à l'aise et je m'efforçais de détourner la conversation. Je crois que je me sentais gênée parce que je ne pouvais pas lui retourner le compliment. Enfin, pas de la même façon. Vous comprenez, je trouvais Lawrence plutôt spécial, moi aussi — mais pas extraordinaire, pas magique, comme il le pensait à propos de moi.

Le jour où je m'apprêtais à me rendre à mon second rendez-vous avec Lawrence, ma sœur Ellie, qui était pour le week-end à la maison, vint papoter avec moi dans ma chambre. Elle venait de passer un mois à l'université et, pendant son absence, j'avais refait ma chambre à neuf. Elle examina mon travail avec admiration.

« C'est super ce que tu as fait, Lisa ! Je trouve ça génial. »

Je regardai Elie et compris qu'elle était sincère. Jusque récemment, une invisible muraille de froideur nous avait toujours séparées. Ellie en venait constamment à m'accabler de réflexions piquantes et je lui en voulais sans le montrer. Mais depuis qu'elle était entrée en faculté, nos relations étaient meilleures. Le mur s'était effondré d'un seul coup et nous parlions, nous avions de vrais échanges.

« Tu sais, tu as changé, Ellie. Je ne sais pas en quoi, mais tu es différente, dis-je.

— J'allais justement te dire la même chose », répondit-elle.

Et nous échangeâmes un sourire. Ellie remarqua que j'avais mis mon chemisier préféré, le bleu lavande, celui qui faisait paraître mes yeux violets, et elle demanda :

« Tu sors ?

— Mmoui, marmonnai-je tout en me brossant les cheveux.

— Je le connais ?

— Huh-huh, marmonnai-je de nouveau. Lawrence. Lawrence Kerr. »

Tout à coup, Ellie redevint la sœur taquine et

moqueuse qui savait m'asticoter mieux que personne.

« Ce bon vieux Larry ! Pas possible ! Oh, c'est vrai, j'oubliais, il ne faut surtout pas l'appeler Larry !

— Exact, commentai-je avec un sourire contraint.

— Pas étonnant que tu aies l'air sinistre ! Si tu sors avec le sinistre Lawrence. »

Mais, voyant mon visage se rembrunir, Ellie se radoucit.

« Hé, fais pas cette tête ! Je plaisantais. »

Je m'efforçai de prendre un air gai en la regardant m'envoyer un baiser et disparaître derrière la porte. Mais elle avait raison. J'étais lugubre. C'était mon second rendez-vous avec un garçon... et où était le charme, où était la magie ? Mais voyons, j'avais plus de plaisir à m'activer devant mes fourneaux !

Voilà qui me ramène à ce fameux vendredi après-midi où je devais livrer un gâteau chez les Wiley et me rendre plus tard à mon rendez-vous avec Lawrence... ce qui était loin de m'enthousiasmer.

Lorsque mon père s'était rendu compte qu'il fallait prendre au sérieux mes activités de pâtissière, il avait fixé un porte-bagages spécial à l'arrière de ma bicyclette, pour que je puisse effectuer mes livraisons avec davantage d'efficacité.

« Quand on réussit en affaires, on ne peut pas se permettre de perdre son temps à arpenter toute la ville à pied avec un chargement de gâteaux », déclara-t-il un beau jour.

Puis il dévoila fièrement le dispositif auquel il avait travaillé en secret dans le garage.

« Papa, c'est génial ! » m'écriai-je.

Et durant quelque temps, cette invention m'avait

effectivement rendu la vie plus facile. Mais au fur et à mesure que les commandes se multipliaient et que je n'osais pas les refuser, je ne tardai pas à me retrouver aussi débordée qu'auparavant.

Ce fameux vendredi, je fixai donc la boîte à gâteaux à l'arrière de ma bicyclette et je partis. A un pâté de maisons de Mayview Lane, je m'entendis héler : c'était Lawrence.

« Hou ! Hou ! Lisa ! Où est-ce que tu cours comme ça ? demanda-t-il en m'aidant à stabiliser ma bicyclette.

— J'ai une livraison à faire et j'ai déjà presque dix minutes de retard. »

Lawrence prit un air inquiet :

« Tu ne vas pas annuler notre rendez-vous de tout à l'heure à cause de ça, hein ? »

Je posai une main rassurante sur son épaule.

« Non, bien sûr que non. C'est juste que je suis plutôt pressée. »

Il soupira et sourit timidement.

« Bon. Tant mieux parce que j'ai un truc, euh, particulier à te donner ce soir. »

Il me regarda intensément une fois de plus et je remis mon vélo en marche pour rompre l'envoûtement. « Oh, Lawrence ! Lawrence ! brûlais-je d'envie de lui crier. Ne me donne rien, je t'en prie. Je ne suis pas la fille qu'il te faut. Pourquoi ne le comprends-tu pas ? »

« Je vois ça, dis-je en crânant. Je parie que tu veux me refiler un vieux pull ! »

Bien entendu, ma plaisanterie tomba à plat.

« Non, c'est... Enfin, j'espère que ça te plaira davantage que ça », déclara Lawrence d'un air grave.

Puis, résolu à ne pas livrer déjà son secret, il m'étreignit maladroitement et dit : « A tout à l'heure. » Il ajouta en s'éloignant :

« Je passerai te prendre à sept heures et demie... pile !

— Entendu ! » lançai-je gaiement.

Mais pendant tout le reste du trajet jusqu'à Mayview Lane, je ne pensais qu'à retourner en arrière, rattraper Lawrence et lui dire une bonne fois pour toutes que je ne voulais plus qu'on sorte ensemble. Je n'en fis rien, évidemment. Je continuai à pédaler, cédant chaque minute davantage à une sorte d'état dépressif et me reprochant de l'avoir bien voulu.

La demeure des Wiley était grande, toute blanche et cernée de hautes haies bien vertes. Notre maison à nous était grise et blanche et des pots de géraniums rouges s'alignaient sur le perron. Il n'y avait pas de fleurs dans l'entrée des Wiley, sans doute parce qu'ils venaient à peine d'emménager, mais cela n'empêchait pas la villa d'être accueillante.

Je garai ma bicyclette dans l'allée, transportai avec précaution la boîte à gâteau jusque devant l'entrée et sonnai. J'attendis en rajustant mes vêtements et ma coiffure de ma main restée libre. Je me suis toujours félicitée d'avoir reçu en partage le teint clair et la silhouette mince de ma mère. Mes joues sont naturellement roses et, comme je porte des jeans les trois quarts du temps — ce qui me va à la perfection —, je ne me soucie généralement pas de mon apparence : je sais que je suis « bien ». Peut-être pas « super » comme Candice, mais bien.

Pourtant, ce jour-là, debout devant cette grande porte blanche, je me sentis étrangement inquiète de mon aspect physique. J'aurais bien voulu avoir le

15

temps de jeter un coup d'œil dans mon petit miroir de poche, car je n'étais brusquement plus sûre d'avoir l'air si bien que ça. Je me sentais le visage et les mains moites et j'aurais juré que mes cheveux frisottaient bêtement sur ma tête. J'examinai mon chemisier : il était tout fripé et deux gouttes de glacis maculaient ma manche. Mon Dieu, mais je n'étais pas présentable !

Pourquoi diable n'avais-je pas changé de chemisier ? Pourquoi étais-je aussi inquiète ? Et pourquoi tout semblait-il si silencieux, dans cette maison ? Il s'y déroulait en principe la fête d'anniversaire d'une petite fille de sept ans et je n'entendais pas un son, pas le moindre. Décidément, il valait mieux rentrer et consulter mon registre de commandes. A l'instant précis où je pivotais pour redescendre le perron, la porte s'ouvrit toute grande.

« Salut ! dit une voix. Je peux vous aider ? »

Je me retournai lentement. Devant moi, se tenait le plus beau garçon que j'eusse jamais vu. Il était plutôt grand, avec des cheveux sombres et ondulés et des yeux vert de mer qui me dévisageaient d'un air amusé.

Je lui trouvai quelque chose de familier et, malgré moi, je poussai une exclamation.

« Mais je te connais ! m'écriai-je. Je t'ai vu dans les couloirs du lycée. »

Puis je m'interrompis net, interloquée par le ridicule de ma réaction. On aurait dit que le fait de l'avoir aperçu une fois ou deux était l'événement le plus important du monde.

J'essayai d'atténuer cette impression... en ajoutant quelque chose de plus stupide encore :

16

« C'est-à-dire, je te connais, mais je ne savais pas que je te connaissais. »

Il rit. L'inconnu rit bel et bien de ma stupide réflexion. Et il avait le rire le plus sonore, le plus gai, le plus communicatif qui fût — le genre de rire qui me fait m'esclaffer aussi. Et nous ne tardâmes pas à rire tous les deux comme des fous — moi, dans mon chemisier sale et chiffonné, et lui, si beau en tout.

Je m'adossai finalement contre le mur de l'entrée, m'efforçant de reprendre mon souffle, et il m'imita. Puis, croisant les bras sur sa poitrine, il annonça :

« Je m'appelle Alex Wiley.

— Je sais », dis-je en éclatant de rire à nouveau.

Et je parvins tant bien que mal à ajouter :

« Et moi, je suis Lisa Kentwood. »

Alex me tendit la main en déclarant :

« C'est très chouette de faire ta connaissance, Lisa. »

Je lui serrai la main, manquant faire tomber le gâteau dans ce geste. Je n'avais guère l'habitude d'être aussi maladroite. Avant ce fatal vendredi après-midi, je m'étais toujours crue plutôt gracieuse. Dieu merci, Alex ne parut pas se rendre compte de ma gêne.

« Laisse-moi te débarrasser de ça, on dirait que ça pèse une tonne, dit-il. A propos, qu'est-ce qu'il y a là-dedans ?

— Tu ne t'en doutes pas ? »

Alex rit de nouveau, croyant que je lui posais une devinette. Il secoua légèrement la boîte et parut écouter, l'oreille tendue.

« Voyons... L'emballage est plus petit qu'une boîte à pain, mais on dirait que ce qu'il y a à l'intérieur est plus gros qu'une miche... Ha, je donne ma langue au chat. Qu'est-ce que c'est ?

— Comment, tu ne sais pas ? » dis-je, cette fois prise de panique.

Quelque chose n'allait pas, décidément, et je commençais à soupçonner la vérité. Une rougeur embarrassée se répandit sur mon visage. Et voilà ! Mon cauchemar se réalisait !

« Oh ! là ! là ! dis-je. Je crois que j'ai fait une erreur... une épouvantable erreur.

— Qu'est-ce qui ne va pas ? demanda Alex.

— Euh ? tu n'aurais pas une sœur qui va bientôt fêter son anniversaire », demandai-je prudemment.

Alex acquiesça :

« Jennifer. Vendredi prochain. Elle va avoir sept ans. Pourquoi ?

— Oh, rien ! soupirai-je en haussant les épaules. Sauf que j'ai confectionné la pièce montée avec une semaine d'avance.

— Ah, c'est à toi que ma mère a commandé le gâteau ! Mais je l'ai entendue te téléphoner, justement. Je suis pratiquement sûr qu'elle t'a donné la bonne date, affirma Alex avec assurance.

— Oui, je sais. C'est moi qui ai tout mélangé », dis-je d'un ton catastrophé.

Cependant, le regard malicieux d'Alex ne tarda pas à m'arracher un sourire.

« Qu'est-ce que tu vas faire, alors ?

— Le congeler, j'imagine », répondis-je.

Le visage d'Alex s'anima :

« Nous avons justement un grand congélateur. Que dirais-tu d'entrer et de m'aider à cacher le gâteau d'anniversaire de ma sœur dans le freezer, Lisa Kentwood ? »

18

Tout à coup, mon cœur, ma tête, tout parut s'arrêter de fonctionner et, comme foudroyée, je réalisai que *ça y était* ! Elle était là, cette magie dont je soupçonnais l'existence mais que je n'avais jamais éprouvée. Elle était là et, enfin, cela m'arrivait.

Comme un dormeur dans un songe éveillé, je suivis Alex à l'intérieur de la maison.

2

*L*a famille Wiley avait dû travailler nuit et jour au grand complet à l'installation de la maison, car elle avait l'air d'être habitée depuis des années et pas seulement depuis un mois ou deux. Je suivis Alex dans la cuisine... Ah, quelle cuisine !

Des ustensiles de cuivre bien astiqués étaient suspendus à une crémaillère circulaire, au-dessus d'un « plan de travail » en bois. J'avais même composé en imagination ma cuisine professionnelle de rêve et celle des Wiley était très proche de mes désirs.

« C'est superbe ! Incroyable ! » m'exclamai-je, suffoquée d'admiration.

Je parcourus la pièce, laissant courir mes doigts sur les pots remplis de cuillers de bois et de fouets à main, survolant tout du regard — chaque surface de travail, chaque placard, chaque recoin.

Brusquement, je me rendis compte que je venais bel et bien d'oublier Alex l'espace de cinq minutes.

De l'état second dans lequel j'étais tombée en faisant sa connaissance, j'étais passée à un autre état second en découvrant sa cuisine. Plus tard, lorsque je racontai en détail à ma sœur Ellie cette étrange et merveilleuse rencontre, elle analysa ma réaction comme une fuite, une tentative pour échapper à l'intensité du premier choc.

« Tu étais tellement subjuguée, qu'il fallait que tu te polarises, que tu te concentres sur quelque chose d'autre — la cuisine — pour te soulager. »

Aussi invraisemblable que cela puisse paraître, je crois qu'Ellie avait raison. J'étais à la fois subjuguée et consciente de l'être. Mais la cuisine me plaisait réellement. Cependant, lorsque je me tournai de nouveau vers Alex et que nos regards se croisèrent, je devins nerveuse, fébrile. J'éprouvais la nécessité de bouger ou de parler, de peur de laisser exploser mes sentiments les plus intimes. Je me sentais près d'avouer sans le vouloir à Alex qu'il était le garçon que j'attendais depuis toujours.

« Puis-je avoir droit à la tournée générale ? demandai-je. J'aimerais bien voir le reste de la maison.

— Bien sûr, acquiesça Alex. Mais ce sera une mini-tournée, j'en ai peur. On a fini d'installer le rez-de-chaussée, mais dans les étages, c'est encore le fouillis. »

Emboîtant le pas à Alex, je souhaitai pouvoir le suivre ainsi pendant des kilomètres, à regarder ses cheveux noirs bouclant sur le col de sa chemise et ses épaules si bien découpées.

Il se détourna de trois quarts pour me désigner du menton le living-room, mais je m'intéressais davantage à son profil qu'à la visite de la pièce.

« C'est chouette », dis-je machinalement en me contraignant à y jeter un coup d'œil.

Je crois me souvenir qu'il y avait des sofas recouverts de velours vert et un fauteuil rayé vert et gris. Ou alors, le contraire. Les murs étaient gris, cela j'en suis certaine, parce que je m'adossai instinctivement à la paroi quand Alex se tourna brusquement vers moi pour déclarer :

« La vie est dingue, non ? Il y a dix minutes, je ne savais même pas que tu existais. »

Il se tenait planté devant moi, les bras croisés, hochant la tête, les lèvres relevées dans un sourire incrédule. J'étais muette. Aucun mot n'aurait pu me venir à l'esprit en cet instant et j'aurais été encore moins capable de le prononcer. Ma seule réaction fut de hocher la tête en signe d'assentiment, du même air incrédule, avec le même sourire amusé.

A ce moment précis, la sonnerie du téléphone rompit l'envoûtement. Sans hâte excessive, Alex rejoignit la cuisine à larges enjambées pour décrocher.

« Oui, Alex Wiley à l'appareil », l'entendis-je répondre.

Mon cœur se mit aussitôt à battre à coups accélérés. Et si c'était une fille qui téléphonait ? Et si Alex avait une petite amie ? Ou si c'était ma mère, demandant ce qui me retardait si longtemps ?

« Pour de bon ? l'entendis-je s'exclamer pendant que je regagnais lentement la cuisine. Ça alors, c'est formidable ! Réellement formidable ! Oui, bien sûr, j'y serai. Tu plaisantes ou quoi ? »

Puis il y eut une pause pendant qu'il cédait la parole à son interlocuteur.

Mais qui était-ce donc ? Probablement une fille

qui l'invitait à une soirée. Beau comme il était, des tas de filles devaient être pendues nuit et jour à son téléphone.

« Non, ne t'inquiète pas. Si tu es d'accord de ton côté, alors je m'engage aussi. Oui, absolument. »

« Il a demandé à une fille d'être sa copine attitrée, ça doit être ça ! pensai-je. Et elle l'appelle pour lui dire qu'elle veut bien. C'est sûrement pour ça qu'il est tout sourire et qu'il a l'air heureux. Oh, mon Dieu, il faut absolument que je m'en aille tout de suite d'ici ! »

« A lundi, alors. A trois heures, c'est promis. Et au fait, merci ! Merci beaucoup. »

Alex reposa le récepteur, sans me regarder. Pendant qu'il parlait au téléphone, j'avais distraitement dénoué le lien de la boîte à gâteau. Il s'assit à la grande table de bois et, distrait, enroula la ficelle pendante autour de son doigt. J'avais horreur de devoir interrompre sa rêverie idyllique, mais il fallait que je sorte de là. C'était trop douloureux de le voir songer d'un air perdu à quelque stupide fille qui ne l'apprécierait sans doute jamais autant que moi. Cela faisait trop mal de vivre enfin la magie espérée... pour la voir disparaître si vite.

« Il faut absolument que je parte, dis-je tristement en faisant un pas vers la porte.

— Partir ! s'écria Alex en tressaillant. Mais tu ne peux pas t'en aller comme ça ! »

Il se leva, me rattrapa par la main et me fit asseoir près de lui sur une chaise. Puis il rabattit le couvercle de la boîte à gâteau et s'écria avec un geste ravi :

« Il est splendide ! Génial ! »

Il scruta l'intérieur de la boîte avec un sourire espiègle. Puis il pointa un doigt en l'air.

« Regarde un peu ça ! » dit-il.

Et il plongea à pic au beau milieu du gâteau ! Il l'en retira tout nappé de crème et de chocolat et le lécha goulûment.

« Miam ! miam ! s'exclama-t-il pendant que je le regardais faire, médusée. Tu veux que je te dise ? Ce gâteau est un délice ! Je ne plaisante pas. Un vrai délice. »

J'allais protester, mais il me fit taire d'un geste.

« J'ai toujours rêvé de faire un truc comme ça, expliqua-t-il en plantant une nouvelle fois son doigt au beau milieu de la pièce montée. Et pour une fois, j'ai une excellente excuse.

— Mais enfin, le gâteau est fichu ! » me récriai-je en retrouvant enfin la parole.

Alex immobilisa son doigt en l'air, me dévisagea et déclara d'un ton solennel :

« Ça en vaut la peine. Crois-moi, ça en vaut la peine. »

J'ignorais à quel événement il faisait allusion et, si une fille était mêlée à l'affaire, je préférais ne rien en savoir. Je me levai, résolue à partir, cette fois. Mais Alex me sourit et annonça :

« J'ai le rôle, Lisa ! Je l'ai ! J'ai passé une audition pour le rôle de Roméo avec les *Roxbury Players*, en ville — tu sais, le théâtre municipal, et j'ai été choisi ! »

Il se rua vers le réfrigérateur, y prit un quart de lait et, sans même me demander mon avis, nous versa deux verres. Il était tellement excité qu'il faillit inonder la table.

« Quelle journée ! D'abord, je te rencontre. Et après, on me téléphone pour me dire que j'ai le rôle », déclara Alex en piochant une nouvelle fois dans le gâteau.

Puis il décolla une rose candie et déclara :

« Voici pour toi, belle Lisa. Une rose pour une autre rose. »

Et, emporté par son élan, il s'agenouilla devant moi et me la tendit.

J'eus envie de le serrer dans mes bras. De trépigner, et de crier mon soulagement au monde entier. Alex n'avait pas de copine ! Il n'avait peut-être même pas d'amie du tout. Et il y avait mieux encore : je lui plaisais. Je lui plaisais ! Sans parler de son rôle...

« Oh, Alex, c'est magnifique ! Je ne savais pas que tu jouais la comédie, dis-je.

— Evidemment. Tu ne risquais pas, observa-t-il en s'esclaffant. On s'est rencontrés il y a à peine quelques minutes !

— C'est juste, dis-je en pouffant. Tout à fait juste.

— Alors, reprit Alex, toujours à genoux, tu te décides, oui ou non ?

— A quoi ? demandai-je.

— A prendre cette rose. »

Je tendis ma paume grande ouverte en pouffant de rire. Toute crainte et toute tension avaient disparu : je me sentais aussi légère qu'un papillon.

Et apprêtez-vous maintenant à faire une curieuse découverte à mon sujet : je ne goûte pratiquement jamais mes pâtisseries parce que j'ai horreur des choses trop sucrées. Enfin, c'est du moins ce que je croyais. Je portai donc la rose à mes lèvres, dans l'intention d'y donner tout juste un petit coup de langue. Mais au lieu de cela, je n'en fis que deux bouchées. C'était crémeux, moelleux, avec un léger goût de vanille : un régal.

« Eh bien, à la bonne heure, Lisa ! » s'exclama Alex.

Je prélevai une deuxième rose au sommet du gâteau et la lui offris à mon tour.

« Oh, toi, ma douce ! dit-il en continuant à jouer de son attitude shakespearienne, bien qu'il eût repris sa place à table.

— Non, non, répliquai-je. Cette rose est plus douce. »

Alex me regarda, l'air grave.

« Tu es la rose la plus douce de toutes, Lisa. »

Je n'aurais su dire s'il était sincère ou non, derrière sa façade joyeuse, mais cela n'avait soudain plus d'importance. Je passai le doigt tout autour de la bordure crémeuse du gâteau, en léchai un peu, puis me penchai et déposai le reste sur le bout du nez d'Alex. M'efforçant de contenir mon envie de rire, je déclarai aussi sérieusement que je le pus :

« C'est injuste que les garçons n'aient pas le droit de mettre des fleurs dans leurs cheveux. Je trouve que tu serais vraiment mignon avec une fleur dans les cheveux, Alex. »

Et là-dessus, je décollai une des roses, la plus grande de toutes, et l'en couronnai avant qu'il ait pu m'en empêcher. Je regardai le résultat obtenu et cette fois, j'éclatai de rire. Pendant que je m'esclaffais à gorge déployée, Alex se leva sans mot dire, prit une pleine poignée de gâteau et m'en barbouilla le visage.

Je n'y tenais plus, je ne parvenais plus à rester assise, tellement je riais. Je me levai, mais mes genoux flanchaient et, hurlant de rire, je m'affalai à demi sur le sol. Me voyant en position de faiblesse, Alex s'installa à côté de moi après avoir renouvelé ses munitions de gâteau et, riant aussi fort que moi, se mit en devoir de badigeonner les rares places encore nettes sur mon visage.

J'essayai de le repousser, mais il m'emprisonna les poignets d'une main et, de l'autre, acheva soigneusement sa tâche pendant que je criais et me tortillais sur le sol.

« Il faut absolument que je t'apporte un miroir pour que tu admires le travail, dit Alex finalement.

— Je t'aurai ! Je t'aurai ! » assurai-je en lui jetant un coup d'œil et en m'écroulant à nouveau.

Alex m'avait saisi les mains et se penchait vers moi, son beau visage au nez comiquement maculé de crème tout près du mien.

« Alors comme ça, tu m'auras, hein ? Mais tu ne vois pas que c'est moi qui te tiens, mal... »

Alex se redressa tout à coup, l'air saisi, et ses yeux verts et rieurs s'assombrirent jusqu'à en devenir presque noirs. Il avait cessé de me regarder et fixait quelque chose, ou quelqu'un, sur le seuil de la cuisine. Renversée sur le dos, je dus me tordre le cou pour voir de qui il s'agissait. Je le devinai tout de suite : c'était Mme Wiley, la mère d'Alex !

« Mais c'est inouï ! s'exclama-t-elle en élevant la voix. J'ai peine à en croire mes yeux ! »

Cette fois, je me remis sur mon séant et regardai autour de moi. Il y avait de la crème et des miettes partout. Nous avions renversé en le heurtant un verre de lait, et son contenu dégouttait régulièrement sur le sol et sur la tête d'Alex, glissant le long de ses joues, sur le col de sa chemise...

Le spectacle était tel que je n'y pus tenir. Je me

renversai de nouveau en arrière, écroulée de rire et me tenant les côtes tant j'avais mal.

J'eus peut-être sans le savoir la meilleure des réactions possibles car Alex, momentanément surpris et embarrassé par l'arrivée de sa mère, finit par jeter un regard vers moi et ne put s'empêcher de s'esclaffer une nouvelle fois. Nous riions si fort que Mme Wiley commença elle aussi à nous imiter.

« C'est bon, c'est bon, dit-elle finalement en nous calmant d'un geste de la main. Et maintenant, Alex, si tu aidais ton amie à se relever et si tu m'expliquais un peu ce qui se passe ? »

Alex fit les présentations et raconta comment je m'étais trompée de date de livraison.

« Mais ne t'inquiète pas, ajouta-t-il avant que sa mère se mette de nouveau en colère. C'est moi qui paie. Considérons que c'est ma tournée. Ça en valait la peine, tu sais, m'man. J'ai eu le rôle, finalement. »

Le regard de Mme Wiley s'éclaira brusquement à l'énoncé de cette nouvelle. On devinait qu'elle mourait d'envie de jeter ses bras autour du cou de son fils. Mais à cause de ma présence, ou du désordre de sa toilette peut-être, elle se contenta de déposer un baiser furtif sur sa joue. Mais je voyais bien qu'elle était folle de joie.

On me conduisit dans une merveilleuse salle de bains aux tons de pêche, où je pus me rafraîchir. Puis nous reprécisâmes nos plans pour la semaine suivante avec Mme Wiley, afin qu'il n'y eût pas d'erreur, cette fois.

« Cesse donc de t'inquiéter, maman, déclara Alex. Tu ne vois pas que ce genre de choses n'arrive qu'une seule fois dans la vie ? »

J'adressai à Alex un sourire reconnaissant. S'il

venait à me connaître mieux, il ne tarderait pas à découvrir qu'il n'y avait qu'une seule chose qui n'arrivait qu'une seule fois dans la vie : c'était de rencontrer quelqu'un tel que lui. Parce que avec moi, les confusions et le méli-mélo, ça pouvait se produire tous les jours !

« Laisse-moi te reconduire », insista-t-il lorsque je me levai pour faire mes adieux.

Tout à coup, je redevins anxieuse. Tout avait été si merveilleux... mais c'était la fin. Reverrais-je Alex ? Ou allait-il seulement me dire au revoir... et m'oublier ?

« Merci, Alex, merci pour tout », dis-je d'un ton dégagé en essayant de dissimuler ma crainte secrète.

Et j'ouvris la porte et commençai à m'éloigner sans lui adresser un dernier regard.

« Hé, attends une seconde ! » s'exclama-t-il avec amusement en me retenant par le bras.

Je me retournai pour le dévisager. Il n'avait pas l'air d'être prêt à m'oublier aussi rapidement que je le pensais. En fait, il paraissait avoir autant de mal à me laisser partir que j'en avais à m'en aller !

« Euh, j'avais quelque chose à te dire », bredouilla-t-il.

Et pour la première fois, il parut lui aussi chercher ses mots, embarrassé.

« Quoi ? murmurai-je.

— Euh... Eh bien, tu sais, quand une personne vous porte chance — et on peut dire que tu m'as porté chance, aujourd'hui ! — on doit rester en contact avec elle. Un peu comme... euh, pour les pattes de lapin et tous les gris-gris, quoi. Alors, je me demandais si tu accepterais de sortir avec moi samedi soir. Je sais bien que je te prends de court et que tu n'es probablement pas libre, mais...

— Oh, mais si, je suis libre ! Je suis toujours libre le samedi soir ! » mentis-je.

Et voilà, je remettais ça ! J'étais effectivement libre le lendemain samedi, mais uniquement parce que Lawrence et moi sortions ensemble le soir même. Pourtant, je ne pouvais pas refuser l'invitation d'Alex. Et encore moins le mettre au courant de l'existence de Lawrence.

« Chic, c'est formidable, dit Alex avec un évident soulagement.

— Je sais, dis-je rêveusement. Je veux dire... que c'est formidable. Moi aussi, je suis de cet avis. »

Je lui fis au revoir de la main et me mis à descendre les marches.

« Hé, attends un peu ! lança Alex. Tu habites où ? Et où veux-tu qu'on aille ? A quelle heure je dois passer te chercher ? »

Je m'immobilisai, l'air stupide. Je n'arrivais plus à me souvenir de mon adresse. J'avais totalement perdu l'esprit.

« Oh, mais oui, c'est vrai », fis-je.

Et je m'arrêtai là.

Alex me jeta un bref coup d'œil et éclata de rire une fois de plus. De son rire extraordinaire, si communicatif. J'éclatai de rire à mon tour, reprenant mes esprits et, tout en enfourchant ma bicyclette, lui criai mon adresse.

« On peut aller au ciné ? ajoutai-je.

— Oui, je te téléphone demain, me cria Alex pendant que je m'éloignais. On se mettra d'accord pour l'heure. »

Je luis fis un signe d'adieu, me contentant de sourire. Je flottais comme sur un nuage et j'arrivai à la maison sans même savoir comment.

Une forte odeur de viande grillée et d'oignons frits m'accueillit en entrant. Sans dire un mot à personne, comme si j'étais un fantôme et non la vraie Lisa Kentwood, je me glissai dans la cuisine où une pile d'assiettes attendait que je les dispose. C'était l'une de mes corvées journalières. J'étais également chargée de débarrasser la table et de loger les plats dans le lave-vaisselle.

Ellie et mon père, qui était à cette heure rentré du travail, durent entendre s'entrechoquer les assiettes car ils vinrent me rejoindre.

« Salut, p'pa », dis-je d'une voix lointaine.

Il crut que je jouais la comédie et me répondit en plaçant ses mains autour de sa bouche, pour que son bonsoir ait aussi l'air de parvenir de très loin. Je le trouvai adorable. Je lui souris. Ellie aussi était adorable. Je luis souris béatement. Tout me paraissait merveilleux.

Intrigué, papa me jeta un regard inquisiteur pendant que je disposais devant lui fourchette, couteau, cuiller et serviette.

« Ça va comme tu veux ? demanda-t-il.

— Bien sûr. Pourquoi ?

— Tu t'es fait couper les cheveux, c'est ça ? insista-t-il.

— Euh, eh bien, balbutiai-je en secouant la tête, non, c'est la même coiffure. C'est juste que... euh... ils sont un peu mouillés. Pourquoi ? »

En fait, j'avais dû me laver en partie les cheveux, chez Alex, et ils n'avaient pas encore parfaitement séché.

« Je ne sais pas quoi exactement, dit mon père

sans cesse de m'examiner, mais tu as quelque chose de changé. (Il se tourna vers Ellie). Tu ne trouves pas ? »

Ellie se mit à me dévisager. Maman fit son entrée à cet instant, portant un énorme plat de hamburgers aux oignons frits.

« Papa trouve que Lisa a quelque chose de changé », annonça Ellie.

Et ils se mirent tous les trois à me suivre des yeux pendant que je me rendais à la cuisine pour prendre le saladier. Ils continuèrent à me dévisager à mon retour, en se gardant tout de même de renouveler une quelconque réflexion à mon sujet. Nous parvînmes tout de même à engager une de nos conversations habituelles, essentiellement une sorte de résumé de ce que chacun avait fait au cours de la journée.

Maman entama la discussion la première en nous parlant de la maison qu'elle était sur le point de vendre. Elle interrompit à deux reprises son récit, assez ennuyeux, pour me rappeler de manger bien vite afin de ne pas être en retard à mon rendez-vous. Car maman avait beaucoup de sympathie pour Lawrence. De plus, elle était obsédée par les retards, trouvant qu'il était « affreusement grossier » de ne pas être ponctuel. Bien entendu, j'étais constamment en train de courir après la montre et elle, toujours en train de me bousculer.

Ensuite, papa nous parla de sa journée. Mais il eut tout de même l'honnêteté d'admettre qu'elle n'avait guère été fertile en événements et il n'en fit qu'un récit très bref.

Puis Ellie prit la parole à son tour :

« Bon, eh bien, moi, j'ai décidé pour de bon que je serai psychologue. »

Le mois précédent, elle avait pris la décision définitive de devenir psychiatre. Franchement, je ne voyais pas où était la différence.

« Mais pas du tout ! Il y a un monde entre les deux ! » insista-t-elle en se lançant dans une explication détaillée que je ne compris pas.

Et brusquement, ce fut mon tour. Je finis par m'en rendre compte parce que maman ne cessait de me distribuer des coups de coude en ponctuant son geste de : « Lisa ? Eh bien, Lisa ? »

J'imagine qu'il est inutile de vous dire à quoi je rêvais. Je me redressai en sursaut, prête à parler. Mais au lieu de cela, je me mis à rire comme une folle. La famille me regarda fixement, sidérée.

« Lisa, tu es sûre que ça va bien ? demanda papa avec inquiétude. Ellie, tu crois qu'elle tourne rond ? »

Dans les occasions de ce genre, il la consultait volontiers et je le soupçonnais d'agir ainsi pour donner à Ellie le sentiment que son avis avait de l'importance. C'était en tout cas un truc spécial entre eux deux et Ellie ne manquait jamais l'occasion de jouer le jeu.

Elle me regarda et, alors que mon rire se calmait enfin, nos regards se croisèrent.

Tout à coup, je sus qu'elle comprenait. Ellie me regardait bien droit dans les yeux et y voyait le cirque enchanté qui y paradait : les poneys blancs et les tutus roses, les paillettes et la musique, et les roulements de tambour annonçant un événement exceptionnel, excitant, magique.

« Oh, je vois, dit-elle avec beaucoup de douceur. Je vois. »

Et elle se tourna vers papa pour déclarer :

« Lisa va bien. Parfaitement bien. »

Sa réponse déterminée coupa court aux réflexions et nous nous remîmes tous à manger. Mais je devinais qu'une fois le repas terminé Ellie viendrait me rejoindre dans ma chambre, et j'en étais heureuse. J'avais besoin d'Ellie, comme jamais auparavant. Pour la première fois de mon existence, j'étais bien contente d'avoir une sœur aînée. Drôlement contente.

3

*L*e repas terminé, Ellie se leva de table, vint se pencher par-dessus ma chaise et me chuchota à l'oreille :

« Ne t'inquiète pas, je vais débarrasser la table. Monte t'habiller, va. Je suis sûre que tu veux te faire belle pour ton rendez-vous de ce soir, je l'ai bien vu. Je voulais te dire que je suis très heureuse pour toi... et que je te comprends. »

Soudain, la sonnerie d'entrée retentit.

« Oh, non ! » m'écriai-je. Je fixai tour à tour la porte, puis ma sœur. Comment tout pouvait-il être au même moment à la fois si parfait et si faux ? Ellie croyait que ce qu'elle avait déchiffré dans mes yeux avait quelque chose à voir avec mes sentiments pour Lawrence ! Et pourquoi ne l'aurait-elle pas cru ? Elle savait que je sortais avec lui tout à l'heure. Elle savait qu'il était en ce moment même sur le perron, pressant la sonnette avec tant d'enthousiasme que son carillon résonnait entre nos murs comme une volée de cloches dans une église.

Ce qu'elle ignorait, c'était mes sentiments pour Alex. Et comment aurait-elle pu les connaître ? Je venais moi-même tout juste de le rencontrer ! Pourtant, j'étais furieuse contre elle.

Pendant que papa se hâtait vers le seuil, je me tournai vers elle et l'apostrophai :

« Comment, tu crois que... tu pensais que...

— Ça va, dit Ellie en me tapotant le dos d'une main rassurante. Ne sois pas mal à l'aise. Je suis ta sœur, tu sais, je me rends bien compte qu'on s'était un peu éloignées l'une de l'autre, ces derniers temps. Mais à partir d'aujourd'hui, ça va changer. Tu n'as plus à te sentir gênée avec moi.

— Gênée ? Comment ça, gênée ? » Et ce fut tout ce que je fus capable de dire.

Alors, entendant mon père introduire Lawrence dans le salon, je repoussai Ellie et montai en courant dans ma chambre. J'étais à la fois trop en colère, trop exaspérée, trop en retard, et pourtant trop heureuse pour chercher à la tirer de sa confusion. Ma sœur ne me quitta pas des yeux pendant que je franchissais les marches quatre à quatre et, même après que j'eus claqué la porte derrière moi, il me semblait toujours sentir son regard stupéfait posé sur moi.

J'entendis maman revenir de la cuisine pour découvrir que je n'avais pas débarrassé la table. Je l'entendis renifler d'un air dégoûté et se plaindre à Ellie. Puis Ellie lui répondre — pas ses paroles exactes, mais le ton de sa voix, si « adulte », si compréhensif. Elles devaient être en train d'échanger des répliques du genre : « Lisa est amoureuse, m'man.

38

« — Lisa ? Ma petite Lisa ? répondait ma mère en écarquillant des yeux ronds comme des soucoupes.

— Evidemment, *ta* Lisa, disait Ellie de sa voix égale et douce. De quelle autre Lisa veux-tu que je te parle ? Ecoute, maman, il faut que tu t'y fasses. Lisa est amoureuse. Et comme c'est une sorte d'état de folie, nous devons excuser son comportement actuel. Ne t'en fais pas. Je vais débarrasser la table. »

Douze minutes plus tard, j'étais douchée, pomponnée et... définitivement déprimée. Perchée sur mes talons, je descendis lourdement l'escalier et Lawrence se leva d'un bond quand il m'aperçut.

« Je suis vraiment désolée, m'excusai-je. Mais le repas n'en finissait pas, ce soir. »

Lawrence parut ne pas m'entendre.

« Tu as l'air... Tu as l'air toute rayonnante... », chuchota-t-il avec une sorte de brusquerie.

Je ne suis pas sûre de moi au point de prendre un compliment comme il vient, comme certaines personnes. C'est entendu, je sais que je ne suis pas mal. Bon, d'accord, admettons même que je suis jolie. Mais tout de même, de là à être pleine d'assurance ! C'est pourquoi je n'arrive jamais à accepter un compliment avec décontraction. Il me faut l'entendre, rougir, et me le faire répéter, et demander : « Oui ? Tu le penses vraiment ? » Alors, je consens un peu à être rassurée. C'est pourquoi, touchée par sa réaction, je dis à Lawrence :

« Oui ? Pour de vrai ? Tu trouves vraiment ? »

Et Lawrence d'acquiescer, et de me contempler, et de dire d'un air sérieux :

« Oui, je suis sincère. Tu as l'air...

— Rayonnant ?

« — Oui, c'est ça, dit Lawrence », me contemplant toujours.

Papa, à demi oublié dans son coin sur le sofa, commença à s'agiter. Il consulta sa montre, s'éclaircit la voix, changea de position. Maman entra alors et papa hocha la tête en la regardant ; et elle hocha la tête en regardant Lawrence ; et Lawrence en fit autant de son côté sans cesser pour autant de me regarder.

Heureusement, il y avait Ellie. Elle apparut à son tour, mais se garda bien de se planter là à nous imiter, fameux imbéciles que nous étions. Il va de soi que maman avait annoncé la « nouvelle » à papa et l'avait averti de l'état singulier dans lequel je serais plongée quelque temps. Ils ne s'en étaient pas encore remis, tous les deux. Ellie, elle, conservait son calme. Elle se dirigea tranquillement vers Lawrence et l'entraîna sans façons vers le seuil.

« Alors, où est-ce que vous allez ? Au ciné ? »

Lawrence acquiesça d'un signe.

« On retrouve Mike et Candice chez elle et ils nous emmènent au cinéma en voiture », dis-je en m'efforçant de participer à la conversation.

Elle ouvrit la porte, souriant à Lawrence.

« Tu sais, je vais raconter à mon prof de psycho la blague du psychiatre que tu m'as dite tout à l'heure. Tu promets de m'en rapporter une autre le mois prochain quand je viendrai passer le week-end à la maison, hein ? A nous deux, on arrivera peut-être à me faire obtenir une bonne note », plaisanta-t-elle.

Lawrence eut un bref hochement de tête, l'air raide. Ellie était la seule d'entre nous à rester décontractée. Papa et maman, eux, se contentaient de rester bouche bée devant les deux tourtereaux.

« Amusez-vous bien ! nous lança ma sœur pendant que nous nous éloignions comme deux zombies. Et n'oublie pas, Lawrence ! Je compte sur toi ! »

La porte se referma finalement derrière nous et Lawrence et moi, nous nous retrouvâmes seuls. Nous échangeâmes un regard, Lawrence sourit, alors je souris aussi. Mais je ne pus m'empêcher de penser au fou rire que j'aurais partagé avec Alex, s'il avait été là.

Pendant que nous marchions main dans la main vers la maison de Candice, j'eus l'impression que Lawrence essayait de trouver le courage de me dire ou de me demander quelque chose. Probablement ce à quoi il avait fait allusion un peu plus tôt. Et tout à coup, je me sentis épuisée. Confectionner le gâteau dans la bousculade, tomber sur Lawrence, faire la connaissance d'Alex, voir Ellie comprendre tout de travers... et maintenant, me rendre au cinéma avec Lawrence qui, j'en étais sûre, allait me demander quelque chose de terriblement important d'une minute à l'autre ! C'était trop. Je sentais que j'aurais dû essayer d'empêcher ce qui était sur le point de se produire, mais je n'avais tout simplement plus assez d'énergie pour ça.

J'aimais bien marcher avec Lawrence, entendre craquer sous nos pas les feuilles sèches, mais je voulais qu'il se taise. J'avais peur de ce qu'il pourrait me demander. S'il s'agissait de ce que je soupçonnais — que je sois sa copine attitrée —, je sentais que j'étais bien capable de dire oui... parce que je n'avais pas de volonté suffisante pour refuser. J'étais terrorisée, oui, terrorisée, à l'idée de devoir dire non.

Nous nous trouvions maintenant sous un grand

orme et Lawrence ralentit le pas, se tournant vers moi.

« Lisa », commença-t-il en tâtonnant dans ses poches.

Il ne put aller plus loin, car les lueurs vives de deux phares nous aveuglèrent à demi au même instant.

« Hé, qu'est-ce qui vous a retenus si longtemps ? héla Candice. Vous tardiez tellement, qu'on s'est décidés à venir vous chercher. Montez vite, montez ! »

Nous nous installâmes donc en hâte à l'arrière, Lawrence et moi, et Mike démarra en trombe vers la salle de cinéma.

« Si on manque la scène du début, Lisa, je t'étrangle, déclara Candice. Il paraît que ça donne vraiment les jetons. J'adore avoir peur.

— Je déteste les films d'horreur », dis-je d'un ton geignard.

Tout à coup, Mike s'arrêta à un feu rouge et se tourna brusquement vers nous. Il avait enfilé un masque de Frankenstein et me causa une peur bleue. Je poussai malgré moi un grand cri. Mike rit d'un rire bruyant et prolongé, pour dissimuler sa propre gêne : il ne s'attendait pas à me voir effrayée pour de bon. Candice le foudroya du regard. « Mais enfin, comment as-tu pu ! fulmina-t-elle en prenant ma défense. Elle vient juste de te dire qu'elle déteste les films d'horreur. »

De son côté, Lawrence saisit ce prétexte pour glisser son bras autour de mes épaules.

« Ce n'est rien, elle va se remettre, assura-t-il en me serrant très fort. Lisa est plus sensible qu'on ne l'imagine généralement, c'est tout. »

La façon dont Lawrence fit cette remarque me

plut. Et j'aimais sentir la pression rassurante et protectrice de son bras autour de moi. Candice aussi parut touchée par son attitude. Elle se détourna même pour faire une observation et finit seulement par regarder Lawrence d'un air rêveur.

Au moment où nous nous retrouvâmes installés dans la salle obscure, j'avais acquis la certitude que si Lawrence me demandait de sortir vraiment avec lui, je n'aurais pas la force de refuser. Pas ce soir. Pas après lui avoir permis de m'enlacer dans la pénombre de la voiture, après lui avoir souri d'un air reconnaissant sans me dégager. Cela aurait été trop cruel.

Mon seul espoir était d'essayer de retarder le moment où il aborderait le sujet. Mais je ne pouvais tout de même pas fuir toute la soirée. Et après le film, la glace, les Cocas avalés au café, et notre folle rentrée à la maison en pouffant de rire dans la voiture, Lawrence et moi finîmes par nous retrouver seuls devant ma porte.

« Tu peux nous laisser, déclara Lawrence à Mike. Je vais raccompagner Lisa et puis je crois que je vais rentrer à pied. »

J'allais protester, mais les mots moururent sur mes lèvres en voyant l'expression de Lawrence. Il était résolu, cette fois, et je compris que je ne pourrais différer plus longtemps la scène qu'il méditait.

« Salut, Mike, salut, Candice. On se voit demain », lançai-je en sortant de voiture.

J'aurais bien voulu rentrer avec Candice pour lui raconter mon extraordinaire journée et lui parler du garçon plus extraordinaire encore que j'avais rencontré, mais il faudrait attendre le lendemain. Pour tout dire, la journée était loin d'être terminée et bien des événements pouvaient encore se produire ! Je m'armai de mon mieux pour les affronter.

Le moment vint dès que Lawrence se fut assis à côté de moi sur les marches du perron. Cette fois, il ne tâtonna pas. D'un geste sûr et rapide, il tira une chaîne d'or brillant de sa poche et la déroula devant moi.

« Lisa, déclara-t-il d'un ton très cérémonieux, j'aimerais que tu sortes avec moi et si tu acceptes, je voudrais que tu portes cette chaîne d'or. »

Je regardai le bijou se balancer doucement entre les mains de Lawrence. Je sentais qu'il me dévisageait, anxieux de croiser mon regard, anxieux de connaître ma réponse ; mais je fixais obstinément le collier. Qu'il était joli sous le clair de lune ! Il y avait des mois que je suppliais mes parents de m'en offrir un pareil. « S'il te plaît, avais-je demandé à mon père pas plus tôt que le mois dernier, ce sera mon premier vrai bijou. Je n'ai rien qui ait de la valeur. S'il te plaît ! » Ainsi, si je voulais, je pouvais avoir enfin la chaîne convoitée. Elle était longue, brillante, et tressée serré. Elle était belle. Lawrence avait dû économiser depuis longtemps, pour pouvoir l'acheter.

« Je t'en prie, Lisa, accepte de sortir avec moi. Lisa, je t'aime tant. »

Lawrence continua de parler, d'une voix intense et grave qui m'hypnotisait littéralement, regardant au loin droit devant lui.

« On se connaît depuis si longtemps que tu t'es peut-être habituée à penser à moi plutôt comme un frère. Mais tu sais, Lisa, dit-il en me regardant bien droit dans les yeux, cette fois, ce n'est pas du tout des sentiments de ce genre que j'éprouve pour toi. »

Ce fut mon tour de regarder au loin devant moi.

Les paroles de Lawrence me donnaient chaud au cœur. C'était si bon, si réconfortant, d'être aimée ainsi. Cela me donnait envie d'être enlacée, embrassée doucement. C'est pour cette raison que je détournais les yeux.

« Si je ne te plais pas, autant que je le sache tout de suite. Lisa ? Tu ne dis rien ? Alors, tu ne m'aimes pas. Même pas un tout petit peu ?

— Mais si, bien sûr ! m'écriai-je aussitôt en lui effleurant la joue. Je t'aime beaucoup, Lawrence. Beaucoup. »

Lawrence eut un petit sourire timide et se pencha pour nouer le collier autour de mon cou.

« Non, pas ça ! » m'exclamai-je, étonnée par ma propre réaction, car j'avais tellement envie de posséder cette chaîne.

Lawrence se recula aussitôt et le bonheur qui se lisait dans ses yeux céda la place à la gêne et à l'affliction.

« Lawrence, non, attends ! Ne comprends pas de travers. C'est juste que... eh bien, tu sais, je ne suis jamais vraiment sortie avec un garçon. Je ne me suis jamais mise pour de bon avec quelqu'un. Et puis, tout ça est si brusque. »

Lawrence me regarda d'un air grave. On voyait qu'il s'efforçait de comprendre, tout comme je me débattais pour lui expliquer ce que je ressentais.

« Je suis tellement étonnée que je ne sais même pas quoi dire », repris-je, réalisant que j'étais très près de la vérité.

J'avais eu beau pressentir ce que Lawrence allait me demander, je ne m'étais pas doutée que je serais émue à ce point par sa prière. J'étais moins préparée au choc que je ne l'avais imaginé. Pour être tout à fait franche, une petite larme se mit même à couler le long de ma joue et je me tournai vers Lawrence, lui saisis la main.

« S'il te plaît, je t'en prie, ne sois pas fâché contre moi. Mais j'ai besoin de temps pour réfléchir, dis-je d'un ton désespéré. Rien qu'un tout petit peu. »

Lawrence répondit à la pression de ma main.

« Oui, bien sûr, je comprends », dit-il bravement.

Nous venions de nous montrer tous les deux très courageux, tout à fait admirables, et si nous nous en étions tenus là, cela aurait été formidable. Mais je craignis bien entendu que Lawrence ne fût secrètement blessé et en colère contre moi. Je ne supportai pas d'en rester là.

« Lawrence, dis-je en refermant sa main sur le bijou brillant, je vais probablement, et même sûrement, porter ta chaîne. Garde-la jusque-là.

— C'est bien vrai ? Tu crois que tu le feras ? » demanda Lawrence, empli d'espoir.

Je lui accordai évidemment ce qu'il attendait.

« J'en suis sûre à plus de quatre-vingt-dix-neuf pour cent. Je peux pratiquement te promettre que je serai heureuse et fière de sortir avec toi », dis-je, et le plus fort, c'est que je n'étais pas loin d'y croire.

Lawrence sourit :

« Quatre-vingt-dix-neuf pour cent, c'est mieux que rien, j'imagine. »

Lorsque nous nous souhaitâmes finalement une bonne nuit, il s'inclina vers moi et m'embrassa légèrement sur la joue. Nos lèvres faillirent se toucher, mais je détournai imperceptiblement la tête. Lawrence haussa les épaules.

« J'imagine que je dois attendre que tu sois sûre de

toi à cent pour cent pour avoir droit à un vrai baiser. »

J'abaissai simplement la tête, trop gênée, trop effrayée et même trop flattée pour parler. Puis j'ouvris notre porte et me réfugiai bien vite à la maison. Une fois dans ma chambre, je découvris un petit mot d'Ellie sur mon oreiller.

« Chère Lisa,

Si tu regardes sous ma porte, tu verras que la lumière est toujours allumée. Si tu entres, tu me trouveras bien éveillée. Et si tu désires parler, prête à t'écouter.

Affectueusement,
Ellie. »

Je souris, heureuse d'avoir une sœur aînée, une sœur comme elle. Je me déshabillai rapidement, me démaquillai les yeux et allai discrètement frapper à sa porte.

« Entre, Lisa », répondit-elle.

Je la trouvai assise dans son lit, environnée de livres. Çà et là, des feuillets de notes dépassaient entre les pages, d'autres livres étaient grands ouverts et leurs marges, couvertes de notes. D'énormes lunettes à monture d'écaille perchées sur le nez, Ellie portait une chemise de nuit victorienne blanche, à collerette de dentelle.

« Qu'est-ce que tu regardes comme ça ? me demanda-t-elle.

— Toi. »

Ellie leva les bras au ciel.

« J'ai l'air d'un épouvantail, c'est ça ? »

Je secouai la tête.

« Non, au contraire. Tu es si jolie que je n'en reviens pas », dis-je sincèrement.

Jusqu'alors, il ne m'était jamais venu à l'idée que ma sœur était jolie — ou laide, d'ailleurs. Pour moi, Ellie était tout simplement Ellie, point final.

« Ta chemise de nuit... C'est tellement romantique. J'adore ! Et tes lunettes ! Je ne savais pas que tu avais des lunettes. »

Ellie les ôta de dessus son nez et les considéra en louchant.

« Je viens de les acheter. Il paraît que j'en avais besoin depuis un moment, mais je ne m'en étais pas rendu compte. J'ai l'air ridicule avec, hein ? »

Je m'assis près d'elle sur le lit. Tout à coup, elle me paraissait toute petite, et loin d'être aussi sûre d'elle-même que je l'avais cru. J'avais soudain l'impression que ma sœur aînée avait besoin de moi et que je pouvais l'aider !

« Ellie, on ne t'a jamais dit que tu es très jolie ? Tu ne le sais vraiment pas ? Mais voyons, je n'aurai jamais le chic que tu as, jamais de la vie ! »

Et là-dessus, je m'emparai de ses lunettes pour aller les essayer devant son miroir.

« Tiens, tu vois ! insistai-je en me détournant vers elle. Toi mise à part, qui veux-tu qui ait l'air extra avec ces lunettes ? »

Ellie m'ouvrit ses bras et je m'y précipitai. Nous nous étreignîmes longuement, comme deux sœurs très proches l'une de l'autre et qui s'aiment beaucoup.

« Merci, j'en avais besoin, me dit Ellie. (Elle soupira.) On ne peut pas dire que j'étais spécialement contente de moi, ces temps-ci. Tu m'as fait du bien.

— Qu'est-ce qu'il y a ? Quelque chose ne va pas ? » demandai-je avec inquiétude.

Ellie chaussa de nouveau ses lunettes.

« Oh, rien de grave. La fac est plus dure que je ne croyais, c'est tout. Je me rends compte qu'il faudra que j'en donne un coup pour obtenir de bons résultats. J'avais l'habitude qu'on me considère comme l'élève la plus intelligente de la classe, mais je m'aperçois que ce n'est plus aussi simple.

— Oui, j'imagine que ce doit être assez dur, approuvai-je. Surtout quand on est habitué à réussir facilement.

— Exactement ! » dit Ellie.

Puis elle me jeta un regard lourd de sens.

« Bon, assez parlé de moi. Je te disais dans mon mot que j'étais prête à t'écouter. Mon offre tient toujours, tu sais. »

Elle me fit une place pour que je puisse me pelotonner auprès d'elle. Alors, je me mis brusquement à pleurer. Ce n'était plus une petite larme, cette fois. La peine, la peur, la confusion, le trouble, tous les sentiments que j'avais éprouvés se transformaient en larmes et débordaient de mes yeux. Ellie me donna de petites tapes affectueuses dans le dos, sans rien dire, me laissant pleurer tout mon soûl.

Tout à coup, maman frappa à la porte et entra sans attendre de réponse.

« J'ai entendu pleurer et je me demandais ce qui se passait », dit-elle à mi-voix avec inquiétude.

Je ne pus la regarder. Le simple fait de l'entendre me fit redoubler de sanglots. Ellie dut s'en rendre compte, car à l'instant où papa allait se mettre de la partie, elle sortit du lit, les entraîna tous deux hors de la pièce en leur disant :

« Ce n'est pas grave, ça va aller. Souvenez-vous de ce que je vous ai dit. Il faut comprendre qu'elle sera dans cet état pendant quelque temps.

— Lisa, tu es bien sûre que tu n'as pas besoin de moi ? » demanda maman.

Je ne répondis que par des sanglots.

« L'amour, fit papa. La chose la plus stupide qui soit à son âge. »

Ellie referma la porte sur eux, alla prendre un verre d'eau sur un plateau posé près de son lit.

« Tiens, bois, dit-elle. Après, tu me raconteras tout. »

Je regardai ma sœur à travers mes paupières brouillées de larmes et je compris que j'avais besoin de me confier, que c'était même ce dont j'avais le plus besoin en cet instant.

4

*J*e racontai tout à Ellie. Je lui parlai de la confusion de mes sentiments à l'égard de Lawrence et de la transparence, au contraire, de ses sentiments pour moi.

« Dire que je le sentais ! me lamentai-je. Je sentais qu'il allait me demander de sortir avec lui juste ce soir. »

Ellie plissa le front.

« Il y a quelque chose qui m'échappe. Tu viens de te décrire comme une fille qui ne sait pas dire non, soit. Mais j'ai l'impression qu'il y a autre chose qui te tracasse derrière tout ça. Il n'y a pas que Lawrence. »

J'approuvai de la tête, puis je souris. Le moment était venu de parler de ce que je brûlais de lui raconter : ma rencontre inouïe avec Alex. Je lui dis tout en détail et elle rit de bon cœur au récit de notre folle séance de « tarte à la crème ».

« Oh, c'est impayable ! Je vois la scène comme si j'y étais ! » s'exclamait-elle en pouffant de rire.

Puis je lui décrivis Alex dans les moindres détails.

« J'admets qu'il a l'air d'être un garçon vraiment spécial, Lisa », déclara Ellie.

Ensuite, j'abordai le reste : l'invitation à sortir ensemble samedi soir, que j'avais acceptée, et le dilemme qui en découlait.

« Tu comprends, Ellie, dis-je avec gravité, je me suis engagée à sortir demain soir avec Alex alors que j'ai pratiquement promis à Lawrence d'être sa copine attitrée. Je suis folle d'Alex, tu sais. Mais je n'ai pas le courage de dire non à Lawrence. Si jamais je lui faisais de la peine ou si je le rendais furieux contre moi, j'en mourrais. Oh, mon Dieu, Ellie, mais que dois-je faire ? Que dois-je faire ?

— Pour commencer, tu devrais cesser de te faire un monde de cette histoire, me conseilla Ellie d'un ton d'infirmière. Tu es survoltée. Et ce n'est pas ce qui t'aidera à y voir clair. Je parie que tu te sens épuisée et tiraillée de tous côtés, en ce moment », acheva-t-elle.

Je la dévisageai avec stupéfaction.

« C'est exactement ça. Tu ne pouvais pas mieux dire. Je me sens totalement vannée. »

Pour mieux souligner le fait, Ellie le commenta en quelques mots.

« Tu es un peu dans le cas de quelqu'un qui serait placé d'un côté d'une ligne et qui se tord les mains avec angoisse parce qu'il n'a pas envie de rester là mais qu'il ignore s'il doit franchir le trait. S'il reste, il ne saura jamais ce qu'il y a de l'autre côté. Mais s'il traverse, il perdra ce qu'il possédait du côté où il se trouve.

— Tu as raison, c'est bien moi.

— Eh bien, c'est suffisant pour ce soir. Tu as mis à jour ce qui te tracassait et précisé certaines questions. Maintenant, il faut que tu te détendes un peu et que tu ailles dormir. »

Je jetai à ma sœur un regard étonné.

« Mais, tu ne m'as pas dit ce que je dois faire ! On n'a encore rien résolu du tout. Comment veux-tu que j'arrive à dormir ? »

Ellie m'adressa un sourire indulgent.

« Voyons, respire à fond, détends-toi. Ton problème a mis des mois, peut-être même des années à s'installer. On ne peut pas le résoudre en une heure.

— Oui, mais que dois-je faire ? me lamentai-je.

— Tu réagis. Tu affrontes ton problème, tu en parles, c'est déjà beaucoup. La réponse viendra à son heure. »

Tout à coup, je me sentis prise de fureur.

« Ecoute, arrête de jouer au bon docteur avec moi, Ellie ! Dis-moi ce que je dois faire !

— Je ne peux pas, répondit-elle avec calme.

— Ah, tu ne peux pas ? » répétai-je, exaspérée.

Ellie secoua posément la tête.

« Non, je ne peux pas. Et même si j'avais une réponse à te donner, elle ne te plairait pas.

— Mais pourquoi ?

— Parce que ce serait la mienne, et pas la tienne. Il faut que tu trouves ta propre réponse, ta manière à toi. Alors, tu seras satisfaite. »

Je songeai un instant. D'une certaine façon, Ellie m'avait tranquillisée. Mon cœur ne battait plus d'une façon aussi désordonnée. Mais en surface, je restais inquiète. Et j'en voulais un peu à ma sœur de ne pas me donner le petit coup de pouce qui m'aurait aidée à y voir clair. Comme si elle avait lu dans mes pensées, Ellie prit mes mains dans les siennes :

« J'aimerais bien pouvoir te donner tout de suite la solution. Malheureusement, tout ce que je peux te dire, c'est de faire confiance à ton instinct pour démêler ce qui est bien de ce qui ne l'est pas. »

Nous échangeâmes un regard et je fus la première à sourire. Ellie croyait que j'étais quelqu'un de bien, que je me débrouillerais. Cela me donnait confiance.

« Je me sens beaucoup mieux, lui dis-je en bâillant.

— Formidable, fit-elle en me donnant une légère bourrade. Et maintenant, va te coucher. Tu as l'air épuisé. J'avoue que je suis pas mal fatiguée moi aussi », ajouta-t-elle avec un sourire penaud.

Cette nuit-là, blottie sous mes couvertures, je résolus de dire dimanche à Lawrence que je ne pouvais pas être sa petite amie. Je nous imaginai en train d'en discuter calmement, joliment, sans colère, et de nous promettre de rester toujours bon amis. Rassurée et apaisée, je m'endormis aussitôt.

Le lendemain matin, je descendis allégrement au rez-de-chaussée en fredonnant de vieilles chansons des Beatles. Je trouvai maman dans la cuisine, en train de confectionner des *muffins* pour le petit déjeuner.

« Ne travaille pas trop la pâte, lui conseillai-je en me penchant par-dessus son épaule. A mon avis, elle est déjà prête à aller au four. »

Maman écarquilla les yeux et planta son poing sur la hanche, l'air de dire : « Ah oui ? Pas possible, mademoiselle Je-sais-tout. » Mais je lui adressai mon sourire des grands jours et elle se contenta de hausser les épaules.

« Tu veux que je te relaie ? » proposai-je.

C'était plus fort que moi. Dès que je voyais une terrine de pâte et un fouet, il fallait que je m'en empare. Je ne supportais pas de voir quelqu'un « gâcher » le travail. Mais maman avait l'habitude et réagit comme elle le faisait fréquemment : en acceptant mon « aide ».

« Oui, si tu veux, ma chérie. Comme ça, pendant que tu t'en occupes, je pourrai faire le café et éplucher les pamplemousses. »

Je donnai un dernier tour à la pâte, la versai dans les moules et glissai le tout au four. La pâtisserie était l'un des domaines où j'avais le plus d'assurance. Il y a des gens qui ont la « main verte », d'autres, le sens des chiffres. Moi, j'avais du talent — mais oui, un talent exceptionnel — pour la pâtisserie, et je le savais. Mon seul souhait, c'était que maman le reconnaisse un jour. La plupart du temps, elle réagissait comme si mon activité de pâtissière n'était qu'un épouvantable fléau qui apportait pagaille et saleté dans sa cuisine. Ou alors, comme si mon savoir-faire n'était qu'ordinaire et que je fusse tout juste bonne à jouer le rôle d'aide culinaire.

Oh, mais, le grand concours national de pâtisserie allait changer tout ça ! Je m'y étais inscrite en secret. Lorsqu'on m'avait finalement avisée par lettre que j'étais l'une des demi-finalistes sélectionnées et demandé s'il m'était possible de me rendre à Madison pour une démonstration, je n'avais pu contenir mon excitation et ma fierté.

« J'ai réussi ! J'ai réussi ! » m'étais-je écriée en brandissant ma lettre.

Mais lorsque j'avais expliqué à mes parents de

quoi il s'agissait, maman avait eu un reniflement de dédain et avait déclaré :

« Ils pourraient au moins te payer ton billet d'avion.

— Ils me l'offriront peut-être, avais-je répondu, légèrement démoralisée. Ils ne disent pas qu'ils n'en feront rien. Ils veulent uniquement savoir si je viendrai. »

Papa avait adressé à maman un regard qui signifiait : « Allons, Joan, un effort. Donne à la gosse un petit encouragement ! » Mais elle n'en avait tenu aucun compte. Le curieux de l'affaire, c'était que papa soutenait de tout cœur mon activité. Par contre, elle agaçait maman au plus haut point et je n'avais jamais réussi à comprendre pourquoi.

D'ailleurs, ce matin-là, je me moquais pas mal de chercher à analyser les réactions de ma mère. J'avais d'autres préoccupations plus réjouissantes. Alex et mon rendez-vous pour le soir m'occupaient seuls l'esprit et cette simple pensée me rendait toute tremblante.

Tout à coup, le téléphone sonna. Maman et moi, nous bondîmes d'un seul mouvement pour répondre. Elle était impatiente de savoir si des clients s'étaient décidés à acheter la maison qu'elle leur avait montrée la veille. Moi, impatiente d'avoir des nouvelles d'Alex. Je décrochai la première.

C'était lui. Maman enregistra sans doute une modification dans l'expression de mon visage, ou une variation inhabituelle du ton de ma voix, car elle s'assit aussitôt pour m'observer, au lieu de se retirer discrètement comme d'habitude.

« Alors, on fait quoi ce soir, poupée ? » demanda Alex en imitant l'accent d'un truand.

Je pouffai de rire, acceptant d'emblée de jouer le jeu.

« Ma parole, mais c'est Roméo ! dis-je en singeant de mon mieux une poule de la pègre. Comment ça va ?

— Impec, bébé ! La frite ! Alors, qu'est-ce t'en dis ? On se fait une virée, c'soir ? »

Jetant un coup d'œil vers maman, je lui vis l'air mi-critique, mi-intrigué, et je détournai vivement le regard. Sinon, je n'aurais pas osé poursuivre et j'aurais manqué toute la drôlerie du jeu.

Je glissai un crayon entre mes lèvres et le laissai pendre comme une cigarette.

« Ben, ouais, ça me botte, répondis-je. A quoi tu penses, exactement ?

— On pourrait aller voir ce film d'horreur, là. Et puis, p'têt qu'après je t'emmènerai danser. Alors, gaffe à sortir tes plus belles frusques, poupée. »

Mon cœur fit un bond. N'avais-je pas vu le film d'horreur la veille avec Lawrence ? Mais danser ! Ça oui, ça me dirait !

« Compte sur moi, assurai-je, toujours du même ton. Dis donc, mon chou, si tu passais me prendre vers sept heures et demie ? Je te présenterai à mes vieux. »

Puis je redonnai mon adresse à Alex et on se quitta.

« Ouais, à bientôt. Salut, beau gosse », dis-je en raccrochant.

Maman restait stupéfaite, n'en croyant pas ses oreilles.

« Mais *qui* était-ce ? demanda-t-elle.

— Alex.

— Alex Roméo ? »

J'éclatai de rire.

« Mais non, voyons, m'man ! Alex Wiley.

— Wiley ? répéta maman, l'air interloqué. Mais tu l'as appelé Roméo. »

Je n'eus pas le temps de lui expliquer le fin mot de l'histoire. Le téléphone sonnait encore, le percolateur sifflait, et papa et Ellie avaient hâte d'avaler leur petit déjeuner. Cette fois, ce fut maman qui décrocha.

« Pour toi, Lisa, annonça-t-elle. C'est Candice. »

Tout en prenant l'écouteur, je surveillai maman du regard : elle était en train de retirer les *muffins*. Je fis la grimace en la voyant déposer brutalement la plaque brûlante sur le plan de travail. Bien entendu, une « claque » de ce genre ne vaut rien à un gâteau qui vient juste de gonfler au four, et je regardai sombrement les *muffins* se boursoufler puis s'aplatir.

« Lisa, dit la voix de Candice d'un accent désespéré, il faut absolument que je te parle. Je n'ai pas fermé l'œil de la nuit.

— Ecoute, on était sur le point de prendre le petit déjeuner, mais si tu as vraiment besoin de parler...

— Oh, Lisa, tu es vraiment chic ! Oui, j'en ai besoin.

— D'accord. Qu'est-ce que tu préfères ? Chez toi ou chez moi ? »

Candice n'avait probablement pas encore déjeuné, car elle déclara :

« Euh, garde-moi plutôt une place à table. J'arrive. »

Mais une fois à la maison, mon amie affirma qu'elle se sentait trop malheureuse pour avaler quoi que ce soit, alors, prenant un *muffin* au passage pour me caler l'estomac, j'entraînai Candice dans ma chambre. Je m'installai confortablement sur mon lit pendant que mon amie, trop nerveuse pour rester en place, arpentait la pièce tout en grignotant mon biscuit. Comme elle était visiblement bouleversée, je la laissai l'avaler jusqu'à la dernière miette sans rien dire.

Finalement, Candice parut prête à parler. Elle avait une expression étrange, presque coupable.

« Allez, vas-y, Candice, dis-je d'un ton encourageant. Soulage-toi. Respire un bon coup et dis-moi ce qu'il y a, même si c'est difficile. »

Si j'avais pu me douter de la nature de son aveu, je ne l'aurais sans doute pas aussi généreusement exhortée à parler. Mais, me prenant au mot, Candice alla droit au but :

« Je suis amoureuse de Lawrence. Je l'aime beaucoup. En fait, je suis folle de lui. »

Elle me regarda quelques secondes puis, se couvrant le visage à deux mains, elle parut sur le point de pleurer.

« Je ne t'en aurais jamais parlé, si tu ne m'avais pas dit que Lawrence ne te plaisait pas, reprit-elle. Si Mike te plaît, ne te gêne pas, il est libre. J'ai rompu avec lui hier soir. »

Je dévisageai Candice avec stupéfaction.

« C'est plus fort que moi, poursuivit mon amie. Je ne peux plus dominer mes sentiments. Et tu sais, ça fait longtemps que ça dure. Hier, quand on est sortis tous ensemble, je ne pouvais plus m'empêcher de le regarder. Il fallait que je t'en parle, sinon j'aurais craqué. »

De tout ce que Candice m'avait dit, je ne retenais qu'une seule chose : qu'elle avait rompu bien facilement avec Mike. Toutes mes bonnes résolutions s'envolèrent d'un seul coup. La veille au soir, j'étais résolue à quitter Lawrence. Maintenant, quelque chose me soufflait que ce n'était plus aussi simple.

« Alors, tu ne dis rien ? risqua Candice.

— Et que veux-tu que je te dise ? rétorquai-je.

— Je ne sais pas. Ce que tu en penses. »

Je sentis mon visage s'empourprer de colère et de jalousie. Candice n'avait jamais peur de rien, elle. Même de rompre avec un garçon. Et dire que maintenant elle voulait me prendre Lawrence ! *Mon* Lawrence. Et voilà, ça recommençait ! J'embrouillais encore tout. Pourquoi est-ce que je l'appelais « mon Lawrence », puisque j'avais décidé de rompre avec lui ?

« Je n'ai jamais dit que je n'aimais pas Lawrence. Je l'aime beaucoup, figure-toi, dis-je d'une voix coupante.

— Oh, fit Candice ahurie.

— Et si tu veux savoir, hier soir, il m'a demandé de sortir vraiment avec lui. »

Candice parut à la fois désappointée pour elle-même et heureuse pour moi.

« Veinarde ! Et tu as accepté ?

— Eh bien, je réfléchis, mais...

— Tu veux dire que tu n'accepteras peut-être pas ? » demanda Candice pleine d'espoir.

Et comme je hochais la tête, elle enchaîna :

« Lisa, je t'en prie, promets-moi de me tenir au courant de ta décision. Tu sais que je ne ferai jamais le moindre pas vers Lawrence et que je ne chercherai pas à lui faire du charme si tu ne m'as pas donné le feu vert.

— Tu seras la première avertie, je te le promets », lui dis-je.

Candice me demanda alors ce que je comptais faire de ma soirée. Comme je ne voulais ni lui mentir, ni lui parler d'Alex, du moins pour l'instant, je répondis :

« Je ne sais pas encore. Je t'appellerai dans la journée. »

Quelques instants plus tard, Candice franchissait le seuil, adressant des au revoir sonores à toute ma famille. Quand le calme fut rétabli, je me retrouvai abandonnée à mes pensées et à mes rêves au sujet d'Alex. Je me demandai comment je pourrais bien m'habiller et, après avoir exploré ma garde-robe, découvris avec affolement que je ne possédais pratiquement rien de mettable. Je me rappelai alors qu'Ellie possédait un beau chemisier ancien à dentelles qui irait à ravir avec mon pantalon de velours noir et je courus le lui emprunter. Elle accepta sans hésitation.

Cet après-midi-là, maman trouva moyen de me demander une bonne demi-douzaine de fois pourquoi je sortais avec Alex, puisque j'étais éperdument amoureuse de Lawrence. Le fait de voir toute la famille très intriguée à mon sujet me plaisait diablement et je résolus d'entretenir quelque temps le suspense. N'allez pourtant pas croire que je savais clairement où j'en étais. Je comptais seulement parler à Lawrence le lendemain dimanche.

Comme prévu, le chemisier d'Ellie allait à ravir avec mon pantalon noir. Je nouai une ceinture chatoyante autour de ma taille et enfilai mes sandales noires à talons. Puis je jetai un ultime coup d'œil dans le miroir. « Ouaouh ! » m'écriai-je à voix haute, étonnée par ce que je voyais. Je ne m'attendais pas à me trouver si adulte et si jolie. Je pris mon temps pour descendre l'escalier et accueillir Alex. D'abord, parce que je voulais éviter de me tordre les chevilles : je n'avais guère l'habitude de porter des talons. Ensuite, pour laisser durer le plaisir de l'attente. Et aussi, parce que je savais qu'Alex entendait mon pas de là où il était et que je voulais me faire désirer.

J'entrai posément dans le salon, mais Alex, lui, interrompit aussitôt sa conversation avec ma mère. Mon truc avait marché ! Je voyais bien qu'il avait compté chaque marche, chaque seconde. C'était un minuscule triomphe, mais cela me réconfortait de voir qu'il avait attendu nos retrouvailles avec autant d'impatience que moi.

D'abord, Alex ne dit rien, et moi non plus. Ni papa, ni Ellie n'étaient à la maison et maman nous accompagna simplement sur le seuil. Mais dès que je me retrouvai assise en voiture au côté d'Alex, et qu'il me sourit, je sus que j'allais vivre la plus belle soirée de ma vie. Et je ne me trompais pas.

« Bon, d'abord le cinoche. Et après, la danse », annonça Alex en démarrant.

A mon avis, le fait de ne pas lui dire que je connaissais déjà le film n'était pas réellement un mensonge. Je me moquais totalement de l'avoir vu ou pas : l'essentiel, c'était d'être avec Alex.

« Tu conduis bien », observai-je en me carrant sur mon siège.

Alex fouilla d'une main dans une poche et me tendit fièrement son permis.

« Je viens juste de l'avoir, m'annonça-t-il. Mais je conduis depuis l'âge de douze ans.

— Et comment ça se fait qu'on t'y ait autorisé ? »

Alex m'expliqua que sa famille avait vécu pendant

deux ans dans ce qu'il appelait la « cambrousse » du Wyoming.

« Notre voisin le plus proche se trouvait à cinquante kilomètres. Alors mon père a voulu que je sache conduire, en cas d'urgence.

— Et ça te manque ? Les grandes étendues du Wyoming, je veux dire. »

J'avais sincèrement envie de connaître la réponse, de connaître davantage Alex. La moindre de ses pensées m'intéressait. Au contraire de Lawrence, qui m'était familier depuis longtemps, Alex était encore inconnu pour moi et fascinant.

« J'avoue que je regrette les grands espaces où on peut se promener seul, le vent, et les montagnes. Tu as déjà fait des escalades en montagne ?

— Rien que d'y penser, je panique, avouai-je. Je crois que j'ai un peu peur de l'altitude. »

Un feu rouge nous contraignit à nous arrêter. Alex se détourna vers moi et m'effleura doucement les cheveux.

« Si tu étais en montagne avec moi, je ne permettrais jamais qu'il t'arrive le moindre accident. »

Le trajet terminé, je regrettai presque de devoir entrer dans la salle de cinéma parce que j'aurais préféré bavarder encore avec Alex. Mais le fait de se trouver assise à ses côtés dans le noir offrait des compensations. Dès que les lumières s'éteignirent, Alex m'enlaça les épaules et me tint serrée contre lui durant toute la projection. De temps à autre, il me caressait les cheveux et je me sentais comme un chat près de ronronner.

Je fis bien sûr semblant d'avoir peur aux moments les plus effrayants, ce qui ne manquait pas de piquant car, chaque fois, l'étreinte d'Alex se resserrait autour de mon épaule. Je sentais que la plus belle partie de la soirée restait encore à venir et je m'abandonnais sans arrière-pensée, heureuse d'être avec lui.

Lorsque le mot fin apparut sur l'écran, mon cœur se mit à battre un peu plus vite. Je nous imaginais en train de danser sur une piste illuminée au rythme d'un bon rock et, déjà, je n'y tenais plus d'impatience.

« Ce film t'a vraiment mis les nerfs à vif, observa Alex pendant que nous quittions la salle.

— Oui, c'était plutôt effrayant, admis-je. Mais tu verras, ça ira mieux quand on sera en train de danser. »

Cependant, une fois en voiture, Alex déclara qu'il avait une meilleure idée. Et il ne mentait pas : c'était tout simplement l'idée la plus merveilleuse du monde.

5

« *A*lex, sois chic ! Dis-moi où on va, écoute ! priai-je, palpitante de curiosité et d'excitation.

— Pas question, murmura-t-il en secouant la tête.

— S'il te plaît ! » insistai-je.

C'était fou. J'avais à la fois l'impression qu'il fallait absolument que je sache où on allait, et que ça m'était bien égal, du moment que nous restions ensemble.

« Bienvenue à bord pour la croisière surprise extraordinaire d'Alex Wiley », déclara Alex en riant.

Nous roulions vers le centre ville, la radio allumée à fond, et nous mettions nos propres paroles sur la musique, criant pour couvrir le bruit. Alex chantait une chanson narquoise sur sa croisière surprise, promettant que je ne m'y ennuierais pas et même que j'en redemanderais. « J'veux danser, mais y n'veut pas, j'veux danser, mais y n'veut pas », chantonnais-je en réponse.

Soudain, Alex se gara dans l'une des nombreuses places qui jalonnaient Main Street.

« Attends-moi là ! ordonna-t-il en clignant de l'œil. Et regarde de l'autre côté, hein ! ajouta-t-il sévèrement en bondissant hors de la voiture.

— Alex, je te préviens, je te suis ! » lançai-je.

Il s'accouda sur le rebord de la vitre que j'avais baissée et s'inclina vers moi, le visage tout près du mien.

« Tu n'aimes pas les surprises ? » demanda-t-il doucement.

Je me sentis chavirer d'émotion.

« Si, mais...

— Eh bien, alors, reprit-il gaiement, regarde par là et ne te retourne pas. Je reviens dans quelques minutes. »

Je me détournai avec obéissance et fixai la direction opposée. L'envie ne m'en manquait pas, mais je m'interdis de jeter un coup d'œil en arrière. C'était ce qu'il y avait de merveilleux, avec Alex : il mettait de la magie dans tout ce qu'il faisait. Pourquoi aurais-je tout gâché ?

Quelques instants plus tard, j'entendis s'ouvrir le coffre de la voiture. Je devinai qu'Alex était en train d'y loger quelque chose mais lorsque, cédant à la tentation, je lorgnai dans le rétroviseur, je ne pus voir de quoi il s'agissait à cause du capot.

« Prête ? demanda Alex en remontant en voiture.

— Alex, je vais finir par t'étrangler ! grognai-je.

— Ça non, sûrement pas, affirma-t-il en souriant. Et tu sais pourquoi ?

— Pourquoi ?

— Parce que tu ne m'étrangleras jamais *avant*

d'avoir découvert mon secret. Tu n'es pas stupide à ce point-là », répliqua-t-il en démarrant.

Quelques instants plus tard, je remarquai que nous nous éloignions du centre ville et de l'endroit où se trouvait la boîte de rock. Ne voulant pas trahir ma curiosité, je me gardai de faire la moindre observation.

Creston est une très petite ville et j'y vis depuis ma naissance. Je me targue donc de bien la connaître. Il le faut d'ailleurs, sinon je m'y égarerais toutes les semaines en livrant ma pâtisserie. Mais le chemin qu'Alex était en train d'emprunter m'était entièrement inconnu. Rien de familier, sur notre passage. Et tout à coup, les maisons disparurent, cédant la place aux arbres et à l'obscurité. Alex roulait toujours.

A l'instant où j'allais le questionner de nouveau, n'y tenant plus, il s'arrêta dans un crissement de pneus. Je levai le nez. Là, juste devant nous, scintillait un petit lac. Des lumières roses, bleues et blanches étaient suspendues aux arbres sur son pourtour, lui donnant un aspect féerique. Quelque part au-delà de la rive, on entendait jouer un orchestre rock et, machinalement, je me mis à battre la mesure.

« Ça te plaît ? me demanda doucement Alex.

— Alex, tu es incroyable. Enfin quoi, ça fait des années que je vis à Creston et toi tu débarques à peine et... Mais, comment... comment as-tu déniché cet endroit ? bredouillai-je.

— Des acteurs de la troupe m'ont emmené ici après l'audition », dit-il négligemment en sortant de voiture.

Je restai assise à regarder le lac, les lumières, la nuit. Je ne savais pas quel était l'orchestre qu'on entendait, mais une chose était certaine : les musiciens n'étaient pas des amateurs, ils jouaient bien. Quant à Alex... Oh, Alex n'était-il pas tout simplement merveilleux ? Chaque minute passée avec lui était drôle et originale. Il était impulsif, spontané, un trait de caractère que j'adorais.

J'entendis se rabattre le capot et, revenant à moi, j'allai rejoindre Alex au-dehors, pour voir.

« Tiens, attrape ça », dit-il en me tendant en souriant un sachet de papier brun qui semblait envelopper une bouteille ou un pichet. Lui-même portait un second sachet et une couverture.

Il ouvrit la marche, me guidant vers un coin de pelouse où il entassa tout, y compris le paquet dont j'étais chargée. Puis il étala la couverture, déballa des chips, des biscuits apéritif, du fromage, et ce qui avait tout l'air d'une bouteille de vin. Tout en le regardant disposer les serviettes et partager le fromage, j'observai :

« Ecoute, Alex, je ne veux pas jouer au bébé, mais tu sais, je n'ai jamais bu de vin.

— Oh, ce n'est pas du vin ! répondit Alex. C'est du cidre. Mon père est correspondant de presse et avant de s'installer ici, on a vécu à Paris pendant deux ans. C'est là-bas qu'on a découvert le cidre. Les Français en boivent pas mal, surtout du cidre sec. Ça, c'est un truc courant, mais c'est bon quand même. »

Il me tendit un cracker tartiné de fromage à l'odeur forte et je fis la grimace.

« A Paris, ils mangent des tas de fromages qui sentent fort. Moi aussi, au début, j'étais dégoûté. Maintenant, je ne peux plus supporter les fromages doux. Plus ça sent fort, plus je sais que ce sera bon. »

Je mordis hardiment dans le cracker. En entendant Alex parler de Paris, on devinait qu'il aimait cet endroit. Et sa passion était communicative. Il avait une façon de raconter qui vous faisait presque voir comment c'était là-bas et comment les Français vivaient. Je commençais moi aussi à sentir l'envie d'imiter leur mode de vie.

Après avoir avalé quelques gorgées de cidre et deux toasts au fromage, je m'apprêtais à m'allonger sur la couverture lorsque l'orchestre attaqua un morceau endiablé. Je regardai Alex, il me regarda. Alors, comme nous éclations tous les deux de rire, il se mit debout et m'ouvrit les bras.

« On y va ? demanda-t-il.

— On y va. »

Et je me relevai pour le rejoindre. Oh, surprise, Alex n'était pas un bon danseur. Jusque-là, j'avais cru qu'il avait du brio en tout. Mais danser ? Allons donc, il était si maladroit qu'il en était drôle. Il sautillait bizarrement, le visage très rouge, car il dansait trop rapidement pour le rythme de la musique. Je ne pus y tenir : je me mis à rire.

« Je sais, je sais, grogna Alex en levant les paumes vers le ciel. Je suis nul, hein ? »

Je lui saisis impulsivement le bras, paniquée à l'idée de l'avoir vexé.

« Non, non, pas du tout ! Tu n'es pas nul ! Différent, disons. »

Alex me donna une petite tape badine sur la tête et sourit.

« T'en fais pas. Je ne suis pas sensible à ce point-là. J'aimerais savoir danser mieux, mais c'est tout.

— Tu veux que je t'apprenne ? » demandai-je étourdiment.

Il faut croire que je n'aurais pu mieux réagir. Les yeux d'Alex se mirent à briller.

« Sans blague, tu voudrais bien ? Ça, ce serait formidable. Vraiment formidable. »

Et il avait eu une telle façon de dire cette phrase que j'eus l'impression d'être quelqu'un tout à fait à part à ses yeux. Je faillis en sauter de joie : je pouvais donc apporter quelque chose à Alex, je pouvais faire quelque chose pour lui !

« O.K., dis-je en ôtant mes chaussures et en redevenant sérieuse. Commençons par tes épaules. »

Et je lui montrai comment il les remuait trop et repliait les bras trop rapidement.

« Regarde et essaie de faire comme moi », dis-je en esquissant quelques figures devant lui.

Et maintenant, tenez-vous bien. Je me suis toujours considérée comme une danseuse honorable et je ne me suis jamais sentie gênée sur une piste, surtout au milieu d'une vingtaine de personnes. Mais tout à coup, dansant devant Alex, j'eus l'impression d'être une des petites lumières roses et bleues qui scintillaient autour du lac dans l'obscurité de la nuit : je me sentis éblouissante.

D'abord, Alex dansa à mes côtés. Puis il s'écarta pour me laisser davantage de place et finit par s'adosser à un arbre. Je sentais ses yeux posés sur moi et, chose incroyable, je n'étais pas gênée. J'étais heureuse, tout était un plaisir : danser pieds nus sur l'herbe, être regardée par Alex, savoir que je lui plaisais, voir qu'il aimait me regarder. Je n'avais jamais éprouvé rien de tel. Je dansai jusqu'à en perdre le souffle. Et lorsque, finalement, je m'affalai d'épuisement sur la couverture, Alex battit des mains.

« Tu es vraiment un numéro, tu sais ! dit-il en s'allongeant sur la couverture et en logeant sa tête au creux de mes genoux. J'aimerais bien être capable de réagir comme ça.

— Oh, mais je n'avais jamais dansé comme ça », assurai-je. Je ne m'étais jamais sentie aussi à l'aise.

Alex releva le menton, me regardant droit dans les yeux. Ses mains emprisonnèrent mon visage et l'attirèrent à lui.

Il me donna le plus doux, le plus tendre des baisers. Puis nous restâmes quelques instants à nous contempler.

« J'aime bien te regarder, dit-il doucement.

— Et moi aussi, j'aime te regarder », chuchotai-je.

On se regardait, on regarda aussi les étoiles, la nuit, les arbres. Mais mon estomac ne tarda pas à se manifester : lorsque j'ai faim, il ne manque jamais de se mettre à gargouiller. Alex entendit lui aussi les signaux, parce que sa tête était au creux de mes genoux. Il détourna le visage pour me jeter un regard interrogateur, l'air de dire : « Mais qu'est-ce qui se passe dans ton estomac ? »

Prise de honte, je me couvris le visage à deux mains et avouai d'une toute petite voix :

« Il a faim.

— Qui est-ce qui a faim ?

— Mon estomac.

— Nourrissons-le, alors ! » déclara Alex en bondissant sur ses pieds.

En quelque secondes, il eut éventré le paquet de chips et une grosse quantité s'en déversa sur la couverture, juste à côté de moi. Je le taquinai pour dissimuler ma honte :

« Tiens, j'ignorais que les Français mangeaient les chips comme ça. Très élégant ! »

Ce fut au tour d'Alex d'être embarrassé. Me singeant comiquement, il se couvrit le visage à deux mains et déclara d'une voix flûtée : « Je n'ai pas pu m'en empêcher.

— Et pourquoi ça ? demandai-je d'un ton sévère, réprimant mon envie de rire.

— Si je te le dis, tu n'en parleras à personne, promis ?

— Croix de bois, croix de fer, assurai-je en m'efforçant toujours de garder mon sérieux.

— Bon, voilà, dit Alex en se dévoilant le visage pour me regarder. Je suis un accro de chips. C'est comme les camés. Il me faut ma dose ou je perds la boule. Ça t'explique pourquoi je commence un peu à perdre les pédales. »

J'essayai tant bien que mal de froncer les sourcils, retenant mon fou-rire à grand-peine.

« Alors, tu avoues que tu te drogues aux chips et que tu en as apporté un sac au risque de nous faire pincer, même si les Français n'en emportent jamais en pique-nique, surtout la nuit ! »

Alex avait la bouche pleine et ne pouvait guère parler. Mais il leva la main, comme pour dire : « C'est vrai, j'avoue. C'est exactement ça. Parole d'honneur. »

Je cédai à mon envie de rire, m'emparant moi aussi d'une poignée de chips, et nous dévorâmes. Cela nous donna soif, alors Alex nous versa encore un peu de cidre et, allongés sur la couverture, on bavarda et rit un bon moment. Je lui posai des milliers de questions sur sa carrière d'acteur et lui, des milliers de questions sur mes activités de pâtissière.

« Mon rêve, ce serait de devenir propriétaire d'une chaîne de pâtisseries à travers toute l'Amérique, lui dis-je en lui confiant ce que je n'avais jamais livré à personne. Avant, je voulais être chef pâtissier dans un grand restaurant. Mais il y a juste quelques jours, je me suis dit que ce serait encore mieux d'être mon propre patron. Ce serait merveilleux de prendre l'avion pour une grande ville quelconque et de voir briller mon nom au-dessus d'une immense boulangerie toute blanche.

— Oui, je te comprends, déclara Alex. Moi aussi, j'imagine que j'aurais le frisson, en voyant mon nom à l'affiche d'un grand théâtre. »

C'est à ce moment-là que nous eûmes l'idée de faire un vœu. Aujourd'hui, notre attitude me paraît un peu bébête et même mélodramatique. Mais ce soir-là, à cet instant-là, au cours de notre premier et si merveilleux rendez-vous, je fus tellement émue que j'eus envie de pleurer.

Les mains posées l'une sur l'autre et en nous regardant bien droit dans les yeux, Alex et moi nous nous fîmes une promesse.

« On se jure, dit Alex, que dans dix ans d'ici nos deux noms brilleront en lettres de néon. Le tien au-dessus de tes pâtisseries et le mien, au-dessus du titre de mon film.

— Je te promets de faire tout ce qui sera en mon pouvoir pour y arriver », assurai-je solennellement.

La minute avait été si intense qu'aussitôt après, on éclata de rire de soulagement.

« Allez, viens, il vaut mieux que je te raccompagne, déclara gaiement Alex. Sinon, tes parents ne voudront plus jamais entendre prononcer mon nom. Et encore moins le voir briller sur une affiche. »

Et, riant toujours, nous rassemblâmes nos affaires pour retourner vers la voiture.

Je n'avais pas envie de partir. Je voulais rester là, au bord de ce lac et sous ces lumières, pour toujours. Je me retournai pour contempler le paysage une dernière fois, à regret. « Adieu, lac », dis-je tristement.

Alex se rapprocha de moi. Soudain, étrangement, comme venue de nulle part, une brise se leva et agita les branches des arbres. Les lumières frissonnèrent légèrement et leurs reflets se brouillèrent à la surface de l'eau.

« Regarde ! dit Alex. Il nous dit au revoir. »

On rechargea les affaires dans le coffre et on repartit, mettant la radio en marche. Pendant qu'Alex conduisait, je laissai aller ma tête sur son épaule. Nous n'éprouvions plus le besoin de parler.

Alex se gara sans bruit devant la maison, laissant ronronner le moteur, et sortit de voiture. Son geste me plut. Même si je désirais que la nuit ne finît jamais, j'aimais qu'il ne manifeste pas l'intention de me retenir. Il savait qu'il était tard et comptait de toute évidence me raccompagner jusqu'à la porte et me souhaiter un rapide bonsoir. Pendant que nous gagnions le seuil, Alex arracha une petite branche à un arbuste de la haie.

« Ce n'est ni une rose, ni une marguerite, dit-il en me la tendant, mais le cœur y est.

— Très sentimental », commentai-je.

Soudain, Alex reprit son rôle de dur à cuire :

« Alors, mon chou, qu'est-ce que t'en dis ? A samedi prochain même heure ? Et n'oublie pas, tu as une dette.

— Ah, ouais ? fis-je d'une grosse voix. Et je te dois quoi ?

— Des leçons de danse », répondit Alex en m'embrassant rapidement sur la joue et en se sauvant.

J'aurais voulu rester là à le regarder partir, rester là dehors jusqu'à ce que la nuit, et puis la semaine s'achèvent, jusqu'au prochain samedi soir. Mais c'était impossible. Alors, je poussai la porte, rentrai, et me glissai dans la cuisine pour boire un verre de lait.

« Chut ! dit maman en m'entendant rentrer dans la pièce. Non, n'allume pas, surtout. Ou tu vas lui faire peur.

— A qui ? demandai-je en scrutant comme elle la nuit à travers la vitre.

— Le daim. Là, tu le vois ? »

J'allais répondre que je ne distinguais rien lorsqu'une silhouette brune tachetée de blanc passa en courant sous nos fenêtres. Les yeux de l'animal luisaient dans le noir et il nous regarda le bref espace d'une seconde avant de se sauver. Lorsqu'elle eut la certitude que le daim avait disparu, maman se tourna vers moi et observa :

« Tu rentres bien tard.

— Oui, admis-je. Mais c'était si merveilleux que j'ai eu du mal à partir.

— Tu veux en parler ? demanda maman en posant sa main sur la mienne.

— Non, pas ce soir. Je me sens plutôt fatiguée. Mais merci quand même.

— Eh bien, tout ce que je peux dire, c'est que la nuit dernière à cette même heure tu pleurais comme une Madeleine. Et ce soir, tu ronronnes comme un chaton. »

Je souris, réalisant brusquement la situation.

« Oui, j'imagine qu'il n'y a que pour moi que c'est

dur d'être une adolescente. Ça doit te taper sur le système nerveux de temps en temps, non ?

— Quelquefois, reconnut maman. Bien que ce ne soit pas le cas en ce moment. »

Tout à coup, je me retrouvai dans ses bras et elle m'étreignit comme lorsque j'étais toute petite.

« Bonne nuit, maman, dis-je finalement. Je t'aime beaucoup.

— Et moi aussi, Lisa. Et je suis contente de te voir si heureuse, même si je n'ai pas la moindre idée ce ce qui se mijote.

— Tu le sauras », dis-je en souriant.

Et je grimpai vers ma chambre. Maintenant, après un premier rendez-vous pareil à celui-là, je parie que vous vous attendez à me voir me blottir au lit et rêver interminablement à Alex. A me voir revivre la soirée de A à Z, depuis le moment où nos regards se croisent dans le salon jusqu'à nos adieux devant ma porte. Je sais que c'est ce que vous attendez. Mais ce ne fut pas le cas.

Figurez-vous que ce soir-là, je pensai à ma pâtisserie. Tout en m'apprêtant pour la nuit, prise d'inspiration, je concevais en imagination le gâteau bleu et blanc que je confectionnerais pour l'anniversaire de la sœur d'Alex.

Je suppose que je ne repensais pas à ma soirée parce qu'elle avait été trop à part, trop parfaite. Ou bien parce que, en y pensant, j'aurais fatalement resongé à la décision que je devais prendre au sujet de Lawrence et à la façon de rompre avec lui. Lawrence, mes craintes, mes doutes, notre rupture et tout le reste... c'étaient des choses que je préférais ne pas évoquer pour l'instant.

Alors, je pensai à l'anniversaire de la sœur d'Alex.

Cette idée amena un sourire sur mon visage et je ne m'endormis pas avant d'avoir tout projeté en détail dans ma tête. Puis j'éteignis la lampe de chevet et enfouis mon visage dans l'oreiller.

Je m'endormis en souriant, mais tout au fond de moi, je me rongeais de crainte, car il me faudrait affronter le lendemain le problème que je m'acharnais à oublier depuis quelques heures : Lawrence.

6

*J*e parvins donc à oublier Lawrence ce soir-là. Mais il ne put guère en être de même le lendemain dimanche, car il me téléphona à neuf heures et me réveilla. Il y a un récepteur tout près de mon lit et, en l'entendant sonner, je crus que c'était le réveil. Je tendis le bras à l'aveuglette pour bloquer la sonnerie. Mais elle résonnait toujours. Je me forçai à ouvrir les paupières et décrochai.

« Mllghmllgh », bredouillai-je d'une voix ensommeillée, ou quelque chose d'approchant.

Mais Lawrence me comprit sans peine.

« Salut, Lisa. Je t'ai réveillée ?

— Mmmm », marmonnai-je en refermant les yeux.

La voix de Lawrence était alerte et gaie. On aurait dit qu'il était debout depuis des heures. N'ayant jamais été du genre louvoyant, il alla droit au but.

« Alors, tu as pris ta décision ? »

Je tressaillis et cette fois mes yeux s'ouvrirent tout

grands. J'avais tout à coup la bouche sèche, mon cœur battait à se rompre. J'avais pensé appeler Lawrence plus tard dans la journée et demander à le voir. Une fois face à lui, j'aurais parlé franchement. Mais je ne m'attendais pas à cet appel si matinal.

« Au secours ! songeai-je éperdument. Dites-moi ce que je dois faire. Ce que je dois lui dire ! Je vous en prie ! »

« Lawrence ?

— Oui ?

— Euh... je n'ai pas encore pris de décision, mais je vais quand même te dire une chose.

— Oui, quoi ? » demanda Lawrence d'un ton déjà légèrement découragé.

Je me mis sur mon séant, calant les oreillers derrière moi. J'étais terrorisée, mais l'accent abattu de Lawrence m'insuffla une franche panique. Au lieu de le quitter, je voulus me *mettre avec lui*. « Comme ça, tout s'arrangera, songeai-je. Tout se passera bien. Je peux tenir le coup. Il le faut. »

« Euh... Eh bien, je suis pratiquement décidée... Disons que je suis sûre à quatre-vingt-dix-neuf virgule quarante-quatre pour cent qu'on peut faire tous les deux comme si je t'avais dit oui. »

Lawrence eut un soupir légèrement impatienté.

« Ecoute, dit-il sèchement, qu'est-ce que c'est que cette réponse, Lisa ? Enfin, franchement. Tu commences à me taper sur les nerfs. Dis oui ou non, un point c'est tout. Je ne suis pas une poupée de porcelaine, tout de même. Si c'est non, je peux encaisser.

— Mais tu ne comprends pas, plaidai-je. C'est juste que c'est une décision très importante pour moi. Il faut voir que je n'étais jamais sortie avec un garçon, avant de sortir avec toi. Ça compte beaucoup pour moi de savoir réagir avec maturité. Je veux réfléchir. Je ne tiens pas à me sentir bousculée et à finir par dire une chose quand j'en pense une autre. Tu vois ce que je veux dire ? »

Lawrence hésita légèrement :

« Euh... Oui, je crois. Tu veux prendre une décision sans être influencée. En toute indépendance et tout ça. »

C'était inouï ! Lawrence me comprenait ! Je savais à peine ce que je voulais dire, mais Lawrence, lui, comprenait.

« Oui, acquiesçai-je doucement.

— Bon, alors, ça veut quand même dire que tu sortiras avec moi le prochain week-end, ou quoi ? insista Lawrence.

— Oh, ça oui, bien sûr ! m'écriai-je avec enthousiasme. Enfin, c'est-à-dire, vendredi soir.

— Et pourquoi pas samedi aussi ? insista Lawrence. Puisqu'on est pratiquement ensemble. »

Mais pourquoi Lawrence insistait-il autant ? Pourquoi me bousculait-il ? Comme si je ne connaissais pas la réponse ! Parce qu'il m'aimait beaucoup, pardi. Parce que je comptais énormément pour lui. Et que si je le quittais, il serait profondément déçu. Voilà pourquoi.

Je m'efforçai donc de prendre un ton dégagé et sincère, même si j'étais loin d'être franche ou décontractée.

« A cause de mes parents. Ils se fâchent, si je sors deux fois le week-end. Alors, on dit qu'on sort ensemble vendredi soir, O.K. ? »

Et comme ça, je pourrai passer mon samedi soir avec Alex, ajoutai-je en mon for intérieur.

« O.K. », dit Lawrence.

81

Puis la conversation parut prendre fin. Ce n'était pas dans nos habitudes d'avoir le sentiment de nous être déjà tout dit, mais il est vrai que ce genre de conversation n'en faisait pas non plus partie.

« Salut, Lawrence, dis-je en m'efforçant de prendre un ton gai.

— Salut », répondit-il sans enthousiasme, sans même chercher à sauver les apparences.

Après ça, je ne me sentis vraiment pas fière de moi. Je voulus rappeler immédiatement Lawrence et tout lui avouer. Mais c'était plus fort que moi, je ne pouvais pas lui parler d'Alex. Pas encore.

Oh, Alex ! Une sensation étrange, chavirante, me traversa en songeant à lui. Puis celle bien connue de culpabilité s'empara à nouveau de moi en repensant à Lawrence. La situation semblait plus inextricable que jamais.

J'entendis par la fenêtre un tintement familier. Des clochettes. Cela ne pouvait annoncer qu'une seule personne : Candice. Quelques mois plus tôt, elle avait attaché de petites clochettes à l'avant et à l'arrière de sa bicyclette. On avait l'impression, en l'entendant, qu'elle conduisait un traîneau de Père Noël.

« C'est une musique si gaie, avais-je entendu maman lui dire un jour.

— Oui, hein ? avait approuvé Candice avec entrain. J'ai l'impression de semer de la gaieté dans chaque rue et dans chaque maison, quand je passe. »

J'avais roulé les yeux au ciel sans faire de commentaire. Entre nous soit dit, Candice n'a pas accroché ces clochettes à sa bicyclette pour « semer de la gaieté » aux environs. Candice adore tout simplement qu'on la remarque. Et elle est prête à toutes les extravagances pour y parvenir.

Je me penchai donc à la fenêtre, m'apprêtant à crier à Candice que je descendais tout de suite. Par cette belle matinée d'automne ensoleillée, une promenade à vélo était un passe-temps idéal. Mais le spectacle que j'aperçus en contrebas me porta un coup au cœur. Il y avait là, côte à côte, deux bicyclettes. Assise sur la première, Candice. Sur la seconde — un vélo dix vitesses —, Alex.

« Ohé, Li-saa ! Debout ! » lança Candice, les mains placées en porte-voix devant sa bouche.

Je reculai précipitamment pour qu'elle ne pût pas me voir. J'avais besoin de quelques instants pour me remettre, tant je tremblais. Que faisait donc Candice avec Alex, *mon* Alex ? Je ne lui en avais pas encore parlé. Mais, tout en m'habillant, il me venait à l'idée qu'elle devait *savoir*, maintenant. Alex avait dû le lui dire. Comment donc s'étaient-ils rencontrés ? Et de quel droit l'avait-elle amené ici ? Je descendis quatre à quatre et respirai un bon coup avant d'ouvrir la porte.

« Salut ! m'écriai-je avec un sourire exagéré, en espérant que ma surprise leur semblerait naturelle. Ça alors, par quel hasard... ? »

Et je m'avançai vers eux sur la pelouse.

« Lisa, annonça Candice, je te présente un nouvel ami à moi, Alex Wiley. Alex, dis bonjour à Lisa. »

Arborant son sourire espiègle, Alex me tendit la main en déclarant :

« Salut ! Ravi de te rencontrer, Lisa. »

Alex aimait jouer la comédie, mais cette fois, je n'eus pas le cœur de l'imiter. J'étais trop anxieuse, trop troublée. Je lui serrai la main, me tournant dans le même temps vers Candice. Mais je n'eus pas à poser de question : elle brûlait visiblement d'envie de parler d'Alex.

« Je sais ! Je sais ! Tu te demandes comment on s'est rencontrés et il y a de quoi, parce qu'on vient juste de faire connaissance. Il y a à peine une heure. Dans son garage. »

Je jetai un regard interrogateur à Alex.

« Ma mère a organisé une vente dans notre garage, ce matin, pour se débarrasser de toutes nos vieilleries et libérer de la place pour installer notre nouvelle maison.

— Oui, poursuivit Candice, apparemment intriguée par la façon dont Alex me regardait, ce qui fait que je suis allée avec ma mère chez la mère d'Alex parce que j'avais le cafard et tu comprends, Lisa, tu ne m'as même pas appelée hier soir pour me dire ce que tu faisais, et alors, comme j'avais rompu avec Mike et je n'avais pas d'occupation aujourd'hui, eh bien...

— Tu es venue à notre vente, on s'est rencontrés et tu m'as emmené ici pour me présenter ta meilleure amie », acheva Alex, légèrement impatienté.

Et il ne connaissait Candice que depuis une heure ! Il ne savait pas ce que c'était d'être sa meilleure amie et de devoir subir ses histoires incohérentes pendant des heures ! Enfin... disons plutôt que je me sentais obligée d'écouter les bavardages de Candice de peur qu'elle ne m'en veuille. Les personnes normales comme Alex lui coupaient tout simplement la parole.

« Oui, j'ai donc rencontré Alex là-bas, et nous voilà », déclara mon amie.

Il me vint brutalement à l'idée qu'Alex n'avait

pas parlé de nous deux à Candice. J'ignorais s'il attendait que je lui annonce moi-même la grande nouvelle ou s'il comptait s'en charger. Toujours est-il qu'à l'instant même où je me mettais à danser nerveusement d'un pied sur l'autre, embarrassée, il révéla les choses à sa manière. Il se mit à rire comme un fou, évidemment amusé par le ridicule de la situation.

Candice le regarda comme si elle ne lui accordait plus toute sa raison. De mon côté, je conservai la même attitude raide et mal à l'aise.

« Candice, excuse-moi de rigoler comme ça, dit Alex, mais tu en feras autant quand tu sauras de quoi il retourne. »

Elle le dévisagea comme si elle avait fait vœu de ne plus rire d'ici un bon demi-siècle. Elle commençait visiblement à avoir des soupçons et ne s'attendait pas à une découverte agréable.

« Tu comprends, dit Alex en me rejoignant d'un pas et en jetant son bras autour de mes épaules, Lisa et moi, on est déjà amis. Très bons amis, même. »

Sa voix s'était étrangement radoucie en prononçant ces derniers mots. Il ne riait plus, il me regardait droit dans les yeux, l'air grave et sincère, et je me sentis tout émue.

« Ah, oui ? dit Candice. Et pourquoi tu ne m'as rien dit, Lisa ? »

Elle paraissait vexée. Je ne pouvais guère lui en vouloir : c'était ma meilleure amie, après tout.

« Je... j'en avais l'intention. En fait, je comptais le faire aujourd'hui, pendant notre promenade à bicyclette. »

Candice me regarda d'un air ahuri :

« Mais quelle promenade à bicyclette ?

— Eh bien, quand j'ai entendu tes clochettes, je me suis dit que... Oh, laisse tomber. En tout cas, je t'assure que j'allais t'en parler.

— Bon, de toute façon, ce n'est pas un secret d'Etat, dit Alex, et maintenant, tu sais que... que Lisa et moi, on est... on est... »

Il se tut, embarrassé.

« Ensemble ? » dit spontanément Candice.

Nous virâmes au rouge tomate, Alex et moi.

« Non, non. Enfin, pas encore, en tous les cas », dit Alex en me regardant de nouveau dans les yeux.

Je me sentis chavirer d'émotion. Dans l'intention d'atténuer le choc, je dis à mon amie :

« Je suis si heureuse que tu aies rencontré Alex. En fait, je le connais seulement depuis vendredi soir.

— Vendredi soir ? Mais c'est impossible. Tu sortais avec...

— Euh, j'ai rencontré Alex chez lui en allant livrer un gâteau à six heures », coupai-je avant qu'elle pût prononcer le nom de Lawrence.

Alex n'était pas stupide. Ma réaction ne lui avait pas échappé. Mais il était trop poli pour faire la moindre remarque — ce jour-là, du moins.

« Bon, maintenant qu'on se connaît, si on allait faire une balade à vélo ? » suggérai-je.

Ils avaient sans doute envie autant que moi de sortir de cette situation, car ils acceptèrent instantanément. Je courus au garage prendre ma bicyclette et Candice me suivit pour avoir quelques détails. Alex attendit discrètement au-dehors.

Pendant que je déverrouillais la porte, mon amie chuchota d'une voix à peine audible :

« Alors, tu es sortie avec Alex, hier soir ? C'est ça, ta soirée ? C'est pour ça que tu n'as pas téléphoné ?

Je comprends tes cachotteries, maintenant. Mais enfin, Lisa, tu sors avec Lawrence !

— Tais-toi ! » m'écriai-je en fondant en pleurs.

De grosses larmes roulaient sur mon visage, des larmes mêlées de désespoir et de confusion, de peine et de bonheur. Je sanglotais, sanglotais, pleurant sans discontinuer.

« Lisa, je regrette, je regrette tellement, dit doucement Candice. Ne pleure pas, je t'en prie. Je sais bien que tu ne ferais jamais une chose pareille à Lawrence. »

Je redoublai de sanglots à ces paroles. Candice m'étreignit entre ses bras, m'assurant d'une voix consolante que tout finirait par s'arranger.

« Oui, tu crois ? demandai-je dans un hoquet.

— Lisa, si tu n'arrêtes pas, je vais me mettre moi aussi à pleurer, dit Candice dont le regard se brouillait de larmes.

— Je n'arrive pas à m'arrêter », articulai-je d'un ton lamentable.

Candice se mit à pleurer. Mais le spectacle que nous nous donnions l'une à l'autre nous fit en même temps éclater de rire. Et c'est ainsi qu'Alex nous découvrit, pleurant et riant à la fois comme deux hystériques.

« Hé, qu'est-ce qui vous arrive, les nanas ? Un mauvais flip ? » dit-il.

Cette remarque suffit à nous faire reprendre nos esprits. Nous enfourchâmes enfin nos bicyclettes, roulant tous trois jusqu'à ce qu'il soit temps pour Alex d'aller aider sa mère à remettre tout en ordre après la vente.

Pendant que nous lui adressions de grands signes

d'au revoir, Candice me jeta un regard dont je ne connaissais que trop bien les sens.

« Oh, non, Candice ! Ne me dis pas ça ! » m'écriai-je.

Elle m'adressa un sourire embarrassé, hochant la tête d'un air penaud.

« Et rappelle-toi, je suis la première de la file d'attente, dit-elle. Ils sont tous les deux super. Alors, quel que soit celui que tu laisses tomber, je suis preneur. »

Je n'avais d'autre ressource que de prendre les choses en riant.

« Je comprends, va, fis-je. Moi aussi, je les trouve tous les deux extra. Ne t'inquiète pas. Tu seras prévenue la première. »

Tout à coup, la glace fut rompue et nous redevînmes les meilleures amies du monde, Candice et moi. On alla chez elle et on bavarda pendant des heures. Avec elle, je réalisai que je me sentais soulagée d'un grand poids. Je n'étais plus angoissée. Je ne me sentais plus coupable. Tout comme Ellie me l'avait dit, je commençais à affronter mon problème. Je ne pouvais pas le résoudre en un seul jour, mais au moins, j'étais capable d'en parler.

« Je suis bien contente que tu sois au courant, dis-je à Candice. Je suis si soulagée de pouvoir me confier à toi, tu comprends ?

— Les amies sont faites pour ça ! »

Et je savais qu'elle était sincère. Nous sommes différentes sur certains points, Candice et moi, mais c'est une amie loyale. Je sais qu'elle serait incapable de chercher à me voler un copain.

Le reste de la journée s'écoula paisiblement. Ellie, papa, maman et moi, nous fîmes une partie de scrabble acharnée après le dîner et Ellie gagna, comme d'habitude. Elle emporta la partie en alignant le dernier mot, *vertige*. Je sursautai d'effarement : c'était le premier mot de liste du partiel de vocabulaire que je devais passer à la première heure le lendemain matin — et je n'avais pas fait la moindre révision !

Je me précipitai dans ma chambre, lus ma liste et composai aussitôt le numéro de Lawrence.

« 'Soir, répondit-il d'une voix ensommeillée.

— Salut, c'est moi. J'ai l'impression que je t'ai réveillé, moi aussi. Dis, Lawrence, qu'est-ce que ça veut dire, *vertige* ?

— Le vertige, déclara Lawrence, c'est la sensation d'étourdissement et de déséquilibre que tu me donnes, Lisa. Dis, Lisa, est-ce que tu n'accepteras pas au moins de porter ma chaîne d'or ? Je l'ai achetée exprès pour toi. Ecoute, si tu me promets de la mettre, je te jure que je ne te parlerai plus d'être ensemble pendant quelque temps. D'accord ?

— D'accord », répondis-je aussitôt.

Il me semblait tout à coup que c'était une si petite chose, et cela ferait tellement plaisir à Lawrence ! Ça ne me dérangeait pas de porter le collier, vous connaissez mon sentiment à ce sujet. Mais cela ne promettait non plus rien de drôle : si je le mettais, il me faudrait ou le cacher, ou bien subir les questions de tout le monde.

« C'est vrai ? Tu acceptes ? demanda Lawrence avec étonnement.

— Mmoui », marmonnai-je.

Lawrence me demanda alors de le retrouver le lendemain matin devant le lycée pour passer lui-même la chaîne d'or autour de mon cou. J'acceptai. Ce soir-là, je m'étais si bien persuadée que tout irait pour le mieux que j'aurais accordé n'importe quoi.

« Il y a d'autres définitions qui te manquent ? proposa Lawrence, reconnaissant comme un bon chien et prêt à tout pour m'être agréable, maintenant.

— Non, le reste, ça va. Je butais sur *vertige*, c'est tout », lui répondis-je.

Nous nous souhaitâmes tendrement bonne nuit. Ensuite, allongée dans le noir, je méditai quelque temps sur le mot *vertige*. Bientôt, mes paupières se fermèrent et je fis un rêve. J'étais debout au sommet d'une gigantesque pièce montée de mariage et j'avais le vertige. Soudain, des milliers de chaînes d'or se mettaient à pendre du plafond et je m'accrochais à l'une d'elles comme si ma vie en dépendait. Puis j'apercevais Alex au-dessous de moi, les bras tendus, me disant qu'il me rattraperait. Alors, je laissais aller la chaîne. Lawrence apparaissait soudain, me demandant pourquoi j'avais lâché son collier. Je ne savais plus que faire, ressaisir la chaîne ou me jeter dans les bras d'Alex. Je me réveillai en nage : il était une heure du matin et j'étais toujours habillée. Mais, trop lasse pour me mettre en pyjama, je me glissai comme j'étais sous les couvertures et me rendormis instantanément.

En me rendant au lycée avec Candice, le lendemain matin, je m'évertuai à trouver un prétexte pour la quitter avant de retrouver Lawrence. J'avais raconté à mon amie notre coup de fil de la veille, car nous étions redevenues très complices — mais je tenais à rester seule avec Lawrence. Seulement voilà, Candice est un peu bornée quelquefois. Ce matin-là, au lieu de s'éloigner sous le premier prétexte venu, elle resta pendue à mes basques comme si nous étions deux siamoises.

En l'apercevant à mes côtés, Lawrence fourra ses mains dans ses poches et haussa les épaules. J'avais craint avec terreur qu'il sorte sa chaîne d'or devant elle et devant les autres, mais il n'en fit rien. Il se contenta de nous dire bonjour. Puis, alors que nous restions toutes deux muettes, il nous surprit en prenant l'initiative. M'entraînant doucement par la main, il dit à Candice :

« Tu veux bien nous excuser quelques minutes ? J'ai quelque chose de très important à discuter avec Lisa. »

Elle hocha simplement la tête, nous regardant nous éloigner en silence. Lawrence et moi, nous contournâmes l'angle du lycée, à l'abri des regards des élèves qui entraient dans le bâtiment.

« Bon, la voilà », dit Lawrence en déballant la chaîne d'un fin papier bruissant.

Après l'avoir assujettie autour de mon cou, il se plaça en face de moi, glissa ses deux mains dans mes cheveux et attira mon visage vers le sien. Puis il m'embrassa doucement. Je ne m'écartai pas de Lawrence. Je ne le désirais pas réellement. Le baiser était trop doux, trop tendre, pour que je l'interrompe. Nos deux corps se frôlaient à peine et pourtant, nous étions très proches.

Et quand notre baiser prit fin, un peu étourdis, nous flottions tous les deux loin du monde, comme deux nuages qui voguent lentement dans le ciel.

« A bientôt ! dis-je tendrement à Lawrence en pénétrant dans le hall, après avoir regagné le portail.

— A bientôt ! » répondit-il.

Et on s'éloigna chacun dans une direction opposée.

Je n'étais cependant pas tout à fait partie au pays des songes, car je pensai à glisser la chaîne sous mon chandail dès que j'eus tourné le premier angle du couloir. Puis j'entrai en classe d'anglais, m'installai devant ma table. Notre professeur de lettres, Mme Stewart, distribua les sujets. Je regardai le papier posé sur ma table : il était là, le tout premier mot de la liste : *vertige*.

7

*C*ette semaine-là fut si fertile en grands moments qu'elle me parut bien durer un grand mois. Il y eut d'abord, bien sûr, le grand moment du lundi matin, lorsque Lawrence me donna la chaîne d'or. Ensuite, dans la journée, on nous annonça les dates de quantité de partiels. J'avais l'intention d'établir mon programme de révisions pendant mon heure libre, mais, comme j'entrais dans la bibliothèque, Alex survint derrière moi et me fit pirouetter devant lui. Je l'avais parfois aperçu dans les couloirs, avant notre rencontre, mais maintenant que je le connaissais, que je sortais avec lui, que c'était *mon* Alex, c'était excitant de savoir que je pouvais le voir surgir à tout instant.

« Je viens de réaliser que je ne connais même pas ton emploi du temps, commença-t-il aussitôt. Je pensais qu'on avait peut-être les mêmes heures libres et qu'on pourrait quelquefois les passer ensemble.

— Je me disais justement la même chose », dis-je avec vivacité.

En réalité, je n'étais pas loin de penser le contraire. Il m'était brusquement venu à l'esprit qu'il serait plutôt risqué de me montrer en compagnie d'Alex ou de Lawrence au lycée. La seule idée d'être surprise par l'un d'eux à rire ou à bavarder main dans la main avec l'autre, me donnait envie de me faire porter malade et de quitter le bâtiment séance tenante.

« Alors, c'est quoi ton emploi du temps ? » insista Alex.

Je regardai autour de moi pour m'assurer que Lawrence ne rôdait pas dans les parages.

« Hé, qu'est-ce qui se passe ? Information top-secret ou quoi ? » demanda Alex, amusé par mon comportement.

Je voulais lui dire que j'étais libre à cette même heure tous les lundis, mercredis et vendredis et que je l'attendrai régulièrement à la bibliothèque. Mais la crainte de causer un choc à Lawrence s'il nous surprenait ensemble me liait la langue. Je ne pus m'empêcher une fois encore d'aller guetter dans le couloir.

« Tu sais que tu as un comportement plutôt bizarre, Lisa, commenta Alex. Enfin, quoi, je ne t'ai tout de même pas demandé un secret de famille ! »

Je l'agrippai par le bras et l'entraînai à l'intérieur de la bibliothèque.

« Je ne veux pas que M. Bloomberg me voie en train de bavarder. Je lui ai promis de finir une dissert juste maintenant, et comme j'ai déjà deux jours de retard... »

Alex me dévisagea curieusement et quelques secondes de silence s'écoulèrent.

« Tu es bien sûre que c'est M. Bloomberg que tu cherches à éviter, Lisa ? »

Si je voulais saisir l'occasion de parler de Lawrence à Alex, c'était le moment ou jamais.

« Ecoute, Alex », commençai-je. Mais je ne pus aller plus loin. Je n'avais pas de discours tout préparé en tête, mais je savais comment commencer : oui, effectivement, il y avait quelqu'un à qui je craignais de faire de la peine et s'il nous voyait ensemble, il serait difficile de le lui faire admettre sur le coup ; mais je comptais régler tout ça et la situation serait claire d'ici un jour ou deux. Je voulais réellement expliquer tout cela à Alex, j'étais décidée. J'en avais assez d'avoir toujours peur. Assez de tricher et de faire des cachotteries. Mais Mme Greeley, la bibliothécaire, ne me le permit pas. Refermant son livre d'un coup sec, elle se hâta vers nous.

« Ecoutez-moi vous deux, chuchota-t-elle d'une voix sifflante, au cas où vous ne le sauriez pas, nous sommes dans une bibliothèque. Et figurez-vous qu'une bibliothèque c'est fait pour lire dans le *silence*. Me suis-je bien fait comprendre ? »

Je hochai la tête. Alex hocha également la tête.

« Tu restes ? me demanda-t-il.

— Oui, il faut absolument que je finisse mon devoir. A tout à l'heure », chuchotai-je.

Mme Greeley nous foudroyait du regard. Alex la regarda, articula le mot « désolé ». Puis, en grand comédien qu'il est, il s'éloigna vers la sortie en marchant exagérément sur la pointe des pieds. Cependant, parvenu près de la porte, il se retourna et me demanda :

« Ça te dit de venir à la répétition, cet après-midi ? »

Mme Greeley poussa un soupir exaspéré, je me contentai donc de sourire, faisant oui de la tête. Alors, Alex lança d'une voix sonore et bien timbrée :

« Au revoir, madame Greeley. C'est sympa chez vous ! »

Et prestement, il referma la porte derrière lui. Je dénichai une place libre aussi loin que possible du bureau de la bibliothécaire. Puis, une fois assise, je passai le reste de l'heure à rêver à Alex, ressassant constamment les mêmes pensées. Il m'avait invitée à sa première répétition ! Je trouvais que c'était un geste drôlement courageux et drôlement confiant. Moi, j'aurais été fière de montrer à Alex un de mes gâteaux une fois terminé, mais je n'aurais certainement jamais accepté d'essayer une nouvelle recette devant lui. Pour réagir ainsi, Alex devait m'aimer beaucoup. Cela me mettait du baume au cœur et flattait ma vanité. Je n'avais plus qu'une seule envie : rester assise à griffonner le nom d'Alex, à en couvrir des pages et des pages. Certainement pas l'envie de travailler, et encore moins de finir la fameuse dissert !

A la sortie des cours, Candice m'attendait devant l'entrée avec Amy et Karen, deux autres filles de la classe.

« Tu viens de manquer ta mère à l'instant, dit Candice en accourant vers moi.

— Maman ? Elle est venue ici ? Au lycée ? demandai-je, m'apprêtant à une catastrophe. Qu'est-ce qu'il y a ?

— Rien, dit Candice. Elle passait juste en voiture

et en m'apercevant, elle m'a demandé de te donner cette lettre. »

L'enveloppe avait été ouverte. Pendant l'année écoulée, nous avions eu de grosses divergences d'opinion sur mon courrier, maman et moi. Elle pensait avoir le droit de.l'ouvrir et je n'étais pas d'accord.

« Le courrier c'est personnel, c'est propriété privée, objectais-je.

— Le facteur passe après ton départ pour le lycée. S'il arrivait une lettre importante pour toi, une lettre qui ne puisse pas attendre ? » rétorquait-elle.

Nous en avions discuté et rediscuté jusqu'au jour où elle avait ouvert un mot d'Ellie, rédigé en ces termes : « *Qu'est-ce qu'on offre à maman pour son anniversaire ? J'ai pensé à une robe de velours rouge. J'en ai vu une ici dans une boutique. Je la prends ?* »

Ma mère avait alors admis qu'elle avait tort. C'est ce que j'aime chez maman. Elle a de la personnalité et elle est très opiniâtre. Mais quand elle se trompe, elle sait le reconnaître. Cependant, à cet instant, en voyant l'enveloppe ouverte, je me demandai si maman n'était pas restée la même. Candice vit la direction de mon regard.

« Ta mère m'a dit de te dire qu'elle s'excusait de l'avoir ouverte, mais qu'elle espérait que tu comprendrais quand tu verrais qui l'avait envoyée », dit Candice.

Je lus enfin le nom de l'expéditeur : *Grand concours national de pâtisserie*, Madison, Wisconsin. Alors, je sortis la lettre et dans ce geste, un billet d'avion glissa à terre. Je le ramassai tout en lisant : *Merci d'avoir participé au Grand Concours national*

de pâtisserie et... félicitations ! Vous êtes l'une de nos
quatre demi-finalites officiels.

La lettre donnait ensuite des détails sur l'épreuve finale du concours, qui devait avoir lieu samedi en quinze. Une limousine devait venir me prendre au Wisconsin Airport. J'examinai l'enveloppe et me mis à rire.

« Regarde, dis-je en tendant la lettre à Candice. *Madame* Lisa Kentwood. Mon vieux, ils vont avoir une sacrée surprise en me voyant descendre de l'avion !

— Alors, tu vas là-bas ? demanda mon amie sans même lire la feuille que je lui tendais.

— Et comment ! dis-je fièrement. C'est ma carrière qui est en jeu. Tous les honneurs seront les bienvenus, et le plus tôt possible !

— Tu crois que tu vas gagner ? »

Honnêtement, je n'aurais su que répondre. Je devais être confrontée à des adultes, peut-être même à des professionnels, avec davantage d'années d'expérience que moi. Je ne savais même pas laquelle de mes recettes personnelles je choisirais de présenter au concours. Mais j'étais sûre d'une chose : que je confectionnerais le meilleur de tous les gâteaux que j'avais réalisés jusque-là.

A cet instant, Amy et Karen prirent congé, en lançant : « Félicitations, Lisa ! Et bonne chance ! » Je regardai Candice, étonnée. Elle haussa les épaules.

« Excuse-moi, je n'ai pas pu m'empêcher de leur dire. J'étais si excitée ! Ta mère est partie si vite qu'on n'a même pas eu le temps d'échanger deux mots. Et je mourais d'envie de parler de toi à quelqu'un. J'espère que tu ne m'en veux pas, mais tu sais, Lisa, je suis drôlement fière de toi. »

A dire vrai, en cet instant précis, j'avais en tête des préoccupations plus importantes : Lawrence venait de sortir du lycée et je l'avais aperçu, debout au sommet des marches. Que faire ?

« Non, non, je ne t'en veux pas du tout, dis-je hâtivement. Ecoute, j'ai un grand service à te demander. Je dois aller quelque part avec Alex, mais je ne veux pas faire de peine à Lawrence. Tu ne pourrais pas... »

Inutile de poursuivre. Candice m'interrompit d'un geste, son esprit travaillant déjà à toute vitesse. Elle proposa presque aussitôt un scénario qui me parut bon — même si elle acceptait de s'y prêter avec un peu trop d'enthousiasme à mon goût.

« J'ai trouvé ! explosa-t-elle. Je vais dire à Lawrence que je veux faire du jogging. D'ailleurs, c'est vrai, j'ai besoin de me mettre en forme. Je vais lui demander de venir avec moi maintenant.

L'idée de savoir Candice et Lawrence seuls dans quelque allée isolée et romantique ne m'emballait guère, mais il y avait urgence. Alors j'acceptai.

« Candice, tu es une véritable amie. Je savais que je pouvais compter sur toi. »

Quelques instants plus tard, Candice avait agrippé Lawrence et l'entraînait loin du lycée et loin de moi.

« Allez, sois chic, Lawrence, viens avec moi. Tu sais bien comment c'est, au début. Tu comprends, j'ai besoin que quelqu'un m'aide à prendre le pli. Oh, merci, tu es un vrai pote ! » s'exclamait-elle.

La scène était plutôt rigolote. Candice harcelait Lawrence, l'entraînait, alors qu'il se retournait sans cesse pour me regarder. Mais cela ne l'empêchait pas de le remercier de l'aider à se remuer un peu et de l'accompagner à son jogging ! Quand elle veut, Candice peut être très persuasive. Lawrence ne tarda pas en effet à me lancer : « Je te téléphone ce soir ! » Et il s'éloigna en courant au côté de mon amie.

A la porte du lycée, Alex bavardait avec deux autres garçons. En m'apercevant, il les quitta et vint me prendre par le bras.

« Prête pour un peu de Shakespeare ? »

Bavardant et plaisantant, nous nous hâtâmes vers le centre ville et le théâtre. Mais aussitôt entrés dans la salle obscure, nous cessâmes instinctivement de parler. Le metteur en scène et quatre acteurs de la troupe se tenaient debout sur la scène nue, chacun un script à la main. Un projecteur éclairait le groupe. En nous entendant arriver, le directeur d'acteurs porta sa main en visière devant ses yeux et scruta la pénombre. Alex franchit l'allée centrale et bondit sur les planches.

« Ah, te voilà, Roméo ! Parfait ! dit le metteur en scène en lui donnant une claque dans le dos. Il ne manque plus que notre Juliette et nous pourrons commencer. »

Je me glissai silencieusement sur un siège. Je n'avais jamais encore assisté à une répétition de théâtre. J'étais seule dans la salle et j'en conçus un petit sentiment de vanité. Bien carrée sur mon fauteuil, je m'apprêtais à passer un moment agréable, quand « Juliette », une rousse à l'extraordinaire chevelure, surgit des coulisses.

« Alex chéri ! » s'écria-t-elle en se jetant vers lui et en effleurant ses lèvres.

D'accord, je savais que les gens de théâtre ont tendance à être très démonstratifs, mais tout de même ! C'était exagéré ! D'autant plus qu'elle était nettement plus âgée que lui. Mais Alex ne parut pas se formaliser de l'incident.

« Ah, Juliette, j'attendais sous tes fenêtres, me demandant quand tu ferais ton apparition », déclama-t-il.

Enchaînant aussitôt sur cette réplique, le metteur en scène claqua dans ses mains, lançant :

« Allez, tout le monde en place ! On y va ! »

Là-dessus, le théâtre prit entièrement ses droits. Ce que je voyais étais très intéressant, passionnant même, et tout le monde disait remarquablement son texte pour une première fois. Pourtant, je ne parvenais pas à prendre réellement plaisir au spectacle. Je guettais les moindres gestes de Juliette, prête à bondir sur scène et à lui réciter quelques lignes bien senties de mon cru si elle s'avisait seulement d'effleurer Alex. Mais je n'en eus pas l'occasion : elle était de tout évidence excellente actrice et, une fois la répétition commencée, se consacra tout entière au travail.

A six heures, la répétition prit fin et Alex vint me rejoindre après avoir dit au revoir à ses partenaires. Il n'avait pas adressé un seul mot en particulier à la rousse Juliette, ce dont je lui fus très reconnaissante.

« Alors, qu'en dis-tu ? me demanda Alex une fois dehors.

— C'était merveilleux, déclarai-je.

— Tu viendras assister à la première, hein ?

— Oui, j'en serai très fière et très contente », annonçai-je.

Cet après-midi passé auprès d'Alex n'avait fait qu'accroître mon retard dans mon travail scolaire. Je dînai rapidement et montai tout droit dans ma chambre, escomptant passer la soirée à rattraper le temps perdu.

Au cours du repas, maman s'était encore excusée d'avoir ouvert ma lettre. Elle semblait brusquement intéressée au plus haut point par mon activité de pâtissière et voulait connaître tous les détails. Nous eûmes même une légère dispute lorsque je demandai :

« Tu es bien curieuse, tout à coup. Qu'est-ce qui te prend ?

— Mais ce n'est pas du tout un intérêt soudain ! J'ai toujours été intéressée par ce que tu fais, assura-t-elle.

— Eh bien, en tout cas, c'est seulement aujourd'hui que je m'en aperçois. Au grand moment, comme de juste. Avant, ma pâtisserie avait toujours l'air de t'ennuyer », dis-je avec agacement, me rappelant la peine que m'avait plusieurs fois causée son attitude.

Le rouge m'était monté à la figure et ma colère n'échappa pas à maman. Elle se raidit, comme cela lui arrive parfois quand elle me trouve insolente. Mais soudain, à ma grande stupéfaction, elle soupira, se détendit et me prit la main par-dessus la table.

« Je ne t'ai peut-être pas toujours soutenue autant qu'il l'aurait fallu. Mais je tiens à te dire aujourd'hui que j'ai toujours été très fière de tes talents de pâtissière, Lisa. »

Ne sachant pas si maman en avait terminé ou non, je restai silencieuse et bien m'en prit, car elle ajouta :

« Je suis ta mère et j'ai sans doute un peu trop tendance à chercher à corriger ce qui ne va pas. Je pense tellement à t'aider dans tes problèmes qu'il m'arrive d'oublier de te féliciter pour ce que tu fais de bien. »

Maman ne s'était jamais exprimée ainsi en

famille, en présence de papa. Et très rarement en privé. C'était un instant si intime, si particulier, que je ne voulais rien dire qui pût le gâcher. Papa aussi gardait le silence.

« Alors, je pense qu'il est bon d'effectuer la correction nécessaire, poursuivit maman, en te disant maintenant que je te trouve formidable. Je suis très fière de ce que tu as déjà réussi. Comment, à quinze ans à peine...

— Quinze et demi, dis-je.

— Oui, bon, quinze et demi. C'est drôlement rare d'avoir un vrai métier et de réussir aussi jeune. Je tenais à te dire ce que j'en pense. »

Je crois bien que c'est l'une des journées les plus gratifiantes que j'aie jamais vécues. Et le reste de la semaine fut à l'unisson. Je m'arrangeai tant bien que mal, mercredi, pour cuire deux tartes pour une cliente et acheter les ingrédients nécessaires à la confection du gâteau de la sœur d'Alex, auquel je travaillai les deux jours suivants, tout en trouvant moyen d'étudier. Puis j'appelai Ellie au téléphone pour lui faire part des paroles mémorables que maman avait prononcées l'autre soir au dîner.

« C'est vrai, Lisa, m'assura Ellie. Maman a une très haute opinion de toi. Elle est toujours en train de parler de sa fille Lisa, l'entrepreneur.

— C'est quoi, un entrepreneur ? demandai-je.

— Quelqu'un qui démarre sa propre entreprise. Mais comme dit maman, toi tu es même davantage : tu es une artiste. »

Quelquefois — en général pour de très brefs moments — la vie est tellement agréable, tellement extraordinaire, que tout vous paraît coloré de rose. Je profitai pleinement de ces journées si parfaites.

J'en étais réconfortée, j'avais davantage confiance en moi. Mais les bonnes choses ont toujours une fin...

Le premier nuage noir fit son apparition le vendredi soir, jour de mon rendez-vous avec Lawrence. Il devait venir me chercher à sept heures et demie. Mais, à six heures, quand je me présentai chez les Wiley pour livrer le gâteau d'anniversaire, Alex m'entraîna à l'intérieur.

« Ecoute, reste un petit moment », pria-t-il d'un ton câlin en m'aidant à ôter mon chandail.

M. et Mme Wiley me saluèrent et m'introduisirent dans une pièce décorée de ballons et de serpentins argentés. La petite sœur d'Alex et tous les enfants étaient si adorables et si amusants que je restai un long moment avec Alex, à rire et à les observer. Puis Mme Wiley apporta le gâteau et insista pour m'en offrir un morceau.

Aussi, lorsque je fus de retour à la maison, Lawrence était déjà là et patientait en bavardant avec mes parents. Comme nous avions l'intention d'aller au bowling, nous n'étions pas très pressés. Mais je remarquai que Lawrence était un peu agacé.

Heureusement, au lieu de me plonger dans l'embarras en me demandant où j'étais donc passée, maman vint à mon secours en plaisantant :

« Eh bien, Lisa, si ton travail devient aussi prenant, tu ne vas pas tarder à avoir besoin d'une secrétaire... et d'un comptable ! »

Je renonçai astucieusement à monter me changer avant de sortir. Si je m'asseyais bien vite près de Lawrence, je pourrais peut-être chasser le pli de mécontentement qui barrait son front.

« Oh, tu sais, si je gagne le concours, j'aurai peut-être besoin pour de bon d'en engager, dis-je en me glissant sur une chaise tout près de lui.

— Quel concours ? » demanda-t-il aussitôt.

Alors, je lui racontai tout : mon inscription, mon prochain voyage, et combien je me sentais fière de moi et excitée.

« Mon père a commencé à lire des ouvrages de médecine à quatorze ans, nous dit Lawrence. Je trouve qu'il n'est effectivement jamais trop tôt pour préparer un métier. »

Je détournai le visage pour cacher ma mine consternée. Ça, c'était Lawrence dans ses pires moments. Et quand il se mettait à être aussi adulte et compassé, il devenait ennuyeux, mais ennuyeux ! Je pensai aux minutes amusantes que je venais de passer avec Alex, à l'excitation et à l'animation qui régnaient dans sa maison, et j'eus bien envie d'y retourner. Le petite fête se poursuivait-elle encore ? Ou Alex était-il sorti avec une autre fille ? Peut-être avec « Juliette » ?

Je m'aperçus brusquement que Lawrence s'adressait à moi, réclamant une réponse.

« Lisa ? Ohé, Lisa ? Alors, tu es prête ? On y va ? »

Je hochai la tête et me levai, disant longuement au revoir à papa et à maman... faisant tout ce qui était en mon pouvoir pour retarder l'instant où je me retrouverais seule avec mon compagnon. Mais, comme nous nous éloignions tous deux de la maison, je trébuchai et m'écroulai brusquement dans l'herbe. J'éclatai de rire et, à ma surprise, Lawrence m'imita de bon cœur. Je regardai alors la pente qui descendait devant ma maison. Puis je regardai Lawrence.

« Si on faisait des cabrioles ? dis-je. Ça fait des

années et des années que je n'en ai plus fait sur cette colline. Tu te souviens, comme quand on était petits ? »

Dans un éclair, Lawrence fut près de moi.

« A vos marques, prêts... Partez ! » lança-t-il.

Et, repliant les bras sous la poitrine, on fit la culbute. La nuit, le ciel et l'herbe se mirent à tournoyer, et je me dis : « On va peut-être bien s'amuser, après tout. »

8

*P*apa et maman, alertés par le brouhaha sur la pelouse, sortirent pour voir ce qui se passait. Un curieux spectacle les attendait : celui de deux « grandes personnes » en train de s'amuser comme des petits fous. Juste à l'instant où ils apparurent, Lawrence et moi, riant et criant, grimpions au pas de course jusqu'au sommet de la pente pour une nouvelle série de cabrioles.

« Tu te rappelles, la fois où tu as dévalé en plein dans un arbre ! me lançait Lawrence d'une voix essoufflée.

— Oui, et toi la fois où tu es tombé en panne et que tu t'es arrêté de rouler ? J'ai essayé de te pousser, mais rien à faire. »

Lawrence rit de bon cœur au rappel de cet incident. « Mince, si seulement il riait davantage ! songeai-je. Il a un rire extraordinaire. »

Nous hélâmes mes parents et Lawrence alla même jusqu'à leur lancer :

« Allez, venez ! Faites comme nous ! C'est marrant ! »

Papa et maman échangèrent un sourire de compassion, en hochant la tête comme s'ils constataient notre folie soudaine. Puis ils rentrèrent. Mais Lawrence et moi, nous ne nous éloignâmes pas pour autant. On se mit au contraire à refaire tous les jeux auxquels nous nous amusions étant petits : on courut à perdre haleine au bas de la colline et, bien qu'il fît nuit, on grimpa dans un arbre. Lawrence se balança fortement d'avant en arrière pour agiter les branches et je me mis à crier d'appréhension tout comme lorsque j'étais petite et un peu effrayée. Ensuite, on entonna toutes nos vieilles chansons de scouts. Je m'efforçais d'harmoniser nos deux voix et Lawrence, de garder le ton juste.

« Tu es vraiment le plus mauvais chanteur que je connaisse, observai-je en riant.

— On voit bien que tu n'as jamais entendu chanter mon père ! Il est si mauvais, que ça en devient une attraction », répliqua Lawrence.

Puis, affalés à quatre pattes dans l'herbe, on chercha des trèfles à quatre feuilles à la lueur d'un lampadaire. On se heurtait lourdement l'un contre l'autre en tournicotant comme des fous. Finalement, Lawrence déclara :

« J'abandonne ! »

Et il s'allongea dans l'herbe, tournant la tête pour voir si je renonçais aussi. Alors, il décida de refaire sa vieille plaisanterie du trèfle à quatre feuilles. Et, je tombai une fois encore dans le piège.

« La vache ! s'écria Lawrence, le nez aplati dans l'herbe. C'est pas vrai ! J'en ai un ! »

Il cueillit quelque chose sur la pelouse. Puis il se

leva, me tourna quelques instant le dos, et brandit son trèfle à quatre feuilles.

« Ça alors ! Je... C'est inouï ! Oh, donne-le-moi, s'il te plaît ! m'exclamai-je.

— J'hésite, dit Lawrence en faisant des manières. Tu comprends, après tout c'est plutôt rare, un trèfle à quatre feuilles. Je pourrais peut-être en tirer, je ne sais pas, moi, deux cents dollars. »

Il me regarda, considéra son trèfle en se grattant la tête, me regarda de nouveau.

« Bon, d'accord, fit-il. Tiens, je te le donne. »

Je tendis naïvement la main et Lawrence, ouvrant sa paume, dévoila deux trèfles assemblés de façon à sembler n'en faire qu'un.

« Tu n'as plus qu'à y ajouter un peu de colle », déclara-t-il.

J'étais morte de rire. Je n'en revenais pas : dire que j'avais encore marché, après toutes ces années ! Et il y avait davantage. Lawrence avait dévalé la pente de la colline en cabriolant avec moi, grimpé à un arbre, ri comme un perdu, et fait une blague ! Ça alors !

Lorsque je cessai enfin de rire, Lawrence me demanda :

« Est-ce que tu l'as mise ? »

Comprenant aussitôt, je glissai la main sous mon chandail et sortis la chaîne d'or pour la lui montrer. Lawrence m'adressa un sourire si tendre que je ne pus résister : je me penchai vers lui et l'embrassai sur la joue. Alors, il jeta ses bras autour de moi et m'étreignit longuement, en silence. Lorsque nous nous séparâmes, il souriait toujours.

« Allons faire notre partie de bowling », dit-il.

Et nous partîmes main dans la main vers le centre ville.

Lawrence ne pratique jamais de sports auxquels il n'excelle pas. Moi, par contre, je suis toujours prête à tout essayer. Je peux m'amuser comme une folle au basket sans jamais réussir un panier. Mais Lawrence ne supporte pas de perdre. Je suppose que ce serait pour lui une grosse blessure d'amour propre, alors il ne joue que pour gagner.

« Lawrence, tu prends vraiment la partie trop au sérieux, observai-je alors que nous jouions depuis dix minutes. Enfin, tout de même, ce n'est qu'un jeu. »

Brusquement, Lawrence redevint l'autre Lawrence : celui qui était raide, cérémonieux, dénué d'humour.

« Si on joue, c'est pour faire de son mieux. Sinon, c'est pas la peine. »

Je levai les yeux au ciel, agacée.

« Ecoute, Lawrence ! D'accord, c'est important d'essayer de bien jouer. Mais c'est tout aussi important de *s'amuser* ! »

Lawrence pouvait être tour à tour si merveilleux, ou si ridicule. En ce moment précis, c'était un parfait imbécile. Je décidai d'égayer un peu les choses. Et pendant qu'il ajustait son tir, je me mis à crier comme les supporters :

« Allez, Lawrence ! Allez, Lawrence, allez ! »

Déconcentré, il manqua son tir et ne renversa qu'une seule quille. Il se détourna aussitôt vers moi, le visage rouge de colère.

« Tu l'as fait exprès ! Idiote, va ! »

La moutarde commençait moi aussi à me monter au nez. Dire qu'on s'amusait si bien. Lawrence avait été si drôle, si gentil. Et le voilà qui se mettait à râler. Franchement, c'était insupportable.

« Mais enfin, Lawrence, qu'est-ce qu'il y a ? Tu ne vas tout de même pas me faire croire que tu es en rogne pour si peu de chose. Pourquoi tu réagis comme ça ?

— Comme ça, comme ça ? » rétorqua Lawrence, l'air innocent.

Cette fois, j'étais bel et bien furieuse. Je ne sais ce qui me retint de dire ses quatre vérités à Lawrence. Mes vieilles terreurs, sans doute. Même dans un moment comme celui-là, alors que je bouillais de rage, je ne parvenais pas à exprimer mes sentiments. Je restais donc muette, rouge, à demi étranglée de colère, lorsque Lawrence eut une réaction qui me surprit.

« Asseyons-nous », dit-il calmement.

Il alla nous chercher deux sodas, puis revint s'asseoir. Il sortit un crayon et se mit machinalement à couvrir de griffonnages la fiche de scores. Un instant s'écoula en silence.

Finalement, sans me regarder, Lawrence observa :

« Je crois que tu me connais mieux que n'importe qui, Lisa. Tout à l'heure, quand on jouait, je m'en suis rendu compte. Mais moi, je ne suis plus très sûr de te connaître, par contre.

— Que veux-tu dire ? » demandai-je, brusquement prise d'angoisse.

Lawrence haussa les épaules, griffonnant toujours.

« Oh, rien. Juste l'impression que tu n'es pas totalement honnête avec moi.

— De... de quoi parles-tu exactement ? balbutiai-je en perdant pied.

— De la chaîne. C'est assez précis pour toi ? »

L'agacement me reprit. Je la portais sa chaîne, non ? Je la lui avais montrée. De quoi se plaignait-il ?

« Mais enfin, je l'ai ! Tu l'as vue, non ? protestai-je.

— Ouais, tu l'as... mais sous trois tonnes de vêtements. Lisa, tu ne la portes pas... tu la caches !

— Non, je ne la cache pas, insistai-je. Je ne l'exhibe pas, ce n'est pas pareil.

— Et pourquoi ? demanda Lawrence. Je croyais que tu serais fière de la porter. Quand tu me l'as montrée, je me suis senti fier, moi aussi. Mais depuis tout à l'heure, j'ai réfléchi. Et il y a quelque chose qui me turlupine. Je n'arrête pas de me demander pourquoi tu la mets sous ton pull.

— Parce que, rétorquai-je en criant presque, nous ne sommes pas officiellement ensemble.

— Et pourquoi on n'est pas officiellement ensemble ? insista Lawrence. J'ai bien essayé de comprendre. Mais la vérité, Lisa, c'est que je n'y comprends rien. Mais alors, rien du tout. »

Cette fois, j'étais folle de rage et je n'y tins plus :

« Oui, pour toi ça ne compte pas de comprendre, hein ? Ça ne compte pas de respecter mes sentiments. Si je te dis que je ne suis pas prête à m'engager, pourquoi tu ne respectes pas ça ? »

Sans prononcer un seul mot Lawrence se leva, prit une boule, gagna la piste et tira. La boule roula en plein centre et souffla toutes les quilles. Il attendit qu'elles se remettent en place. Puis il recommença à jouer, sans s'arrêter.

L'inquiétude me gagnait. Il ne voulait plus jamais m'adresser la parole, hein ? C'était ça. Ce que j'avais craint avait fini par se produire. J'aurais pourtant dû savoir que ce que je lui cachais me réservait un éclat beaucoup plus violent. Oui, j'aurais dû... mais ce n'était pas le cas.

Tout à coup, alors que j'allais me décider à lui parler, Lawrence revint près de moi.

« J'avais promis de te laisser tranquille si tu portais ma chaîne et j'ai violé ma promesse. Excuse-moi, Lisa. Je pense toujours que tu n'es pas entièrement honnête avec moi, mais je ne tiens pas à en faire une histoire. Je ne sais pas pourquoi je te harcèle comme ça. Je sais que tu m'aimes bien. Mais c'est plus fort que moi. Je suis obsédé par l'idée que tu me promettes qu'on soit ensemble. J'admets que je me suis laissé entraîner un peu loin. On fait la paix ? »

Je souris.

« Oui, bien sûr. »

Notre bonne entente du début de la soirée était bien finie, mais du moins, on s'était réconciliés et je me sentais soulagée. On se souhaita rapidement bonne nuit, prenant rendez-vous pour le vendredi suivant. Maman et papa jouaient aux cartes avec des amis dans le salon. Comme je n'avais pas du tout sommeil, je me joignis un moment à eux, grignotant les noix que ma mère avait placées sur la table tout en lorgnant les cartes des joueurs. Puis au bout d'un instant, je dis bonsoir et montai dans ma chambre. Maman ne tarda pas à venir frapper à ma porte.

« Tu n'as pas envie de parler ? » demanda-t-elle.

En fait, j'en avais très envie, mais je ne voulais pas la déranger.

« Oh, ce n'est pas grave, assura-t-elle. De toute façon, j'étais en train de perdre. Sally ou Joe me remplaceront. Lisa, je voulais seulement te dire que je suis là. Si tu as des difficultés, je veux les connaître. Je suis ta mère et je t'aime, Lisa, ne l'oublie surtout pas. »

Je dévisageai maman, réalisant petit à petit que je l'avais totalement tenue à l'écart de mon existence, ces derniers temps. Elle se montrait très compréhensive, mais je voyais bien qu'elle en était un peu peinée.

« Oh, maman, je ne sais même pas par où commencer ! » m'écriai-je.

A mon grand étonnement, elle répondit :

« Commence par la fin. Dis-moi ce qui te tracasse en ce moment. A partir de là, on pourra remonter à la façon dont ça a commencé, si tu y tiens. »

Alors, je lui appris que Lawrence m'avait demandé de devenir sa copine attitrée et j'expliquai comment j'en étais arrivée à accepter de porter sa chaîne d'or.

« Tout me paraît tellement embrouillé, dis-je. Quelquefois, j'ai envie de lui dire que je serai heureuse de sortir avec lui. Et d'autres fois, j'ai envie de la plaquer. Chaque fois que j'essaie de me séparer de lui, je me retrouve encore plus engagée qu'avant. Ça a l'air complètement fou, hein ? »

Maman secoua la tête.

« Non, pas du tout. Mais pourquoi veux-tu te séparer de Lawrence ?

— Bon, si je t'explique ça, dis-je lentement, il va falloir que je te parle d'Alex.

— Oh, je devine, soupira maman. Alex Wiley ? Le garçon avec qui tu es sortie samedi dernier ?

— Oui », acquiesçai-je.

Et je lui racontai tout. J'avais à peine terminé que le téléphone sonna. C'était Candice.

« J'appelle trop tard ? J'ai réveillé quelqu'un ? » demanda-t-elle.

Comme si ce genre de détail était capable de la retenir !

« Non, ça va, répondis-je. Personne n'est encore couché. »

Candice poussa un soupir de soulagement.

« Qu'est-ce que tu fais, en ce moment ? demanda-t-elle.

— Je parle avec ma mère, dis-je.

— Oh oui, mais, Lisa, ta mère est formidable, je suis sûre qu'elle comprendra, dit Candice d'un ton désespéré.

— Comprendra quoi ?

— Quand tu lui diras que tu viens dormir chez moi.

— Ah, parce que je viens ? »

Je jetai un rapide coup d'œil du côté de maman. Elle attendait patiemment que la conversation se termine. Ça m'ennuyait de la planter là, ça m'ennuyait d'avoir à demander à papa de m'accompagner en voiture. Mais dans le fond, je savais que j'allais accepter l'invitation tardive de Candice. C'était une idée formidable, exactement ce dont j'avais besoin : bavarder la nuit entière, et comme on ne peut le faire qu'entre amies.

Maman prit très bien la nouvelle.

« On finira de bavarder une autre fois, va. En tout cas, je suis heureuse que nous ayons commencé. Allez, va retrouver ton amie. Moi j'irai rejoindre les miens. »

Je l'embrassai bien fort pour la remercier. Candice avait raison. Maman était la plus merveilleuse maman du monde... Ce soir, en tout cas.

Papa ronchonna un peu, mais accepta tout de même de me conduire chez Candice. Au cours du trajet en voiture, il observa qu'il avait cru comprendre que je traversais une mauvaise période.

« Si tu as besoin de parler, je tiens à te dire que je suis là. »

Je n'en croyais pas mes oreilles. D'abord maman, et ensuite, lui. Je me sentais très entourée. J'avais même l'impression de n'avoir que trop de gens autour de moi à qui parler !

« Merci, papa, dis-je, mais en ce moment je n'en ai pas spécialement envie. »

Je crus l'espace d'un instant voir passer une expression peinée dans son regard. Mais il déclara :

« Oh, je ne voulais pas dire spécialement maintenant. Je dois rejoindre nos invités, tout de même. Mais quand tu en éprouveras le besoin... Ça fait du bien, quelquefois.

— Oui, c'est vrai », dis-je en l'étreignant bien fort pour lui dire au revoir.

Je m'avisai brusquement en entrant chez Candice que je n'avais jamais vu son père ou sa mère embrasser mon amie. On n'aimait pas beaucoup les démonstrations d'affection dans la famille. Alors, en la voyant, mon premier geste fut de serrer bien fort Candice entre mes bras. Elle me dévisagea un instant, réellement surprise. Puis elle sourit, me prit par la main et m'entraîna dans sa chambre.

« Ah, zut, j'ai oublié de prendre mes affaires ! m'écriai-je.

— Pas grave, assura Candice en se dirigeant vers

sa commode. Viens, choisis-toi une chemise de nuit. »

Je passai en revue le contenu du tiroir qu'elle venait d'ouvrir : il y avait bien une vingtaine de chemises et de pyjamas. Des bleus, des roses, des lavande, des jaunes... J'avais déjà remarqué que Candice avait de beaux vêtements, mais je ne m'étais jamais rendu compte qu'elle en avait autant.

« Tu en as de la chance, d'avoir tout ça, observai-je.

— Ah, des choses, oui, ça, j'en ai. Des tas de choses, admit-elle tristement. Mais des parents... Mon père est toujours en voyage pour son travail. Et maman lui en veut tellement qu'elle passe son temps à être en rogne et que tout le monde doit se tenir à distance. »

Candice était ma meilleure amie et pourtant, jusque-là, j'avais toujours cru que rien ne lui manquait. Prise de remords, je pensai à l'attitude de mes parents, à leur soutien. Et je ne m'étonnais plus de voir toujours Candice fourrée chez nous pour le petit déjeuner.

Je choisis un pyjama de satin jaune, mais les jambes étaient un peu longues. Candice courut chercher dans son placard une paire de sandales à talons hauts. Je les enfilai et allai me regarder dans le miroir. C'était une tenue sensationnelle, plutôt une toilette pour danser qu'une tenue pour la nuit.

« Ecoute, tu devrais te faire styliste, tu as beaucoup de chic, tu sais. »

Elle leva ses grands yeux bleus au plafond d'un air ravi.

« En plein dans le mille !

— Ah, oui ?

— Oui ! C'est exactement ce que je veux faire plus tard — styliste de mode. J'en ai déjà parlé à Mme Kramer, le prof de dessin, et elle pense que j'ai des dons. »

J'ôtai les chaussures et me glissai au lit. Candice enfila une chemise de nuit de soie rose et me rejoignit.

« Dis, Lisa, demanda-t-elle lentement, tu as déjà pris ta décision, pour Lawrence ?

— Il te plaît toujours ? » demandai-je.

Candice fit oui de la tête.

« Ah, si tu savais ! Je me fais l'effet d'un vrai faux-jeton ! m'écriai-je. Dire que je suis là à me raccrocher à Lawrence alors qu'il te plaît tellement. Mais, tu comprends, je l'aime aussi !

— Je sais, dit-elle d'un ton malheureux. Mais au moins, toi, tu as aussi Alex.

— C'est vrai, admis-je.

— On est allés trois fois faire du jogging avec Lawrence, cette semaine », confessa Candice.

Elle essayait peut-être de me rendre jalouse, de détacher Lawrence de moi. Ou peut-être avait-elle simplement besoin de soulager sa conscience. Quoi qu'il en fût, elle ne se doutait pas que son aveu ne me troublait guère. Si elle avait pu soupçonner l'insistance avec laquelle Lawrence cherchait à me persuader de sortir avec lui, elle aurait compris qu'elle n'avait aucune raison de se sentir coupable : elle n'avait aucune chance auprès de lui. Mais je ne pouvais pas dire cela à Candice. Cela aurait été trop cruel, lui aurait causé trop de peine. Alors, je déclarai simplement :

« Eh bien, bonne chance. »

Nous passâmes ensuite plusieurs heures à discuter

de tous les sujets possibles et imaginables : les vêtements, le lycée, notre avenir, nos parents. Lorsque
nous éteignîmes enfin la lumière pour nous endor-
mir, il était très tard. Cela ne nous empêcha pas de
trouver encore des tas de choses à nous dire le lendemain matin. Au moment où je m'apprêtais à partir,
mon Problème revint sur le tapis.

« Tu sais, observa Candice, tu n'es pas honnête.
Ni envers Alex, ni envers Lawrence...

— Oui, je m'en rends bien compte, dis-je en lui
coupant la parole.

— Mais tu n'es pas non plus honnête envers
moi », ajouta-t-elle.

Alors, je lui fis une promesse :

« Ecoute, dès que je serai revenue du concours, je
te jure de rompre avec Lawrence.

— Parole ? dit Candice d'un air plein d'espoir.

— Parole. »

J'étais loin de me douter que j'allais bel et bien
tenir ma promesse... mais que rien n'allait se passer
comme je l'avais prévu. Les choses tournèrent de la
pire façon qui soit, celle que j'avais le plus redoutée.

Mais pour l'instant, tout allait bien. Je confection-
nais mes gâteaux, préparais mon départ pour le
concours, sortais avec Lawrence et Alex. J'achevai
même ma conversation interrompue avec maman.

« Tu sais parfaitement ce qui te reste à faire, me
dit-elle lorsque je lui reparlai d'Alex et Lawrence. Il
ne s'agit plus que de t'exécuter.

— Mais je vais le faire, lui dis-je. Je l'ai promis à
Candice. Dès que je serai revenue du concours.

— Si tu es réellement décidée à rompre, pourquoi
attendre ?

— Je... je n'en ai pas le courage maintenant. Pas avant le concours », répondis-je à maman.

C'était vrai. L'approche du concours me rendait nerveuse. Je ne tenais pas à aggraver mes problèmes avant l'épreuve. Mais il était également vrai que je cherchais une fois de plus à gagner du temps et à profiter un peu de l'existence avant d'affronter les questions difficiles.

Cela n'empêcha pas la rupture tant redoutée de se produire. Et lorsque le moment vint, ce fut bien pire encore que je ne l'avais imaginé.

9

C'était la veille du concours et j'avais les nerfs à bout. Je devais connaître ma recette par cœur car il n'était pas permis aux concurrents de se servir d'un pense-bête. Mais on aurait dit que j'étais totalement incapable de retenir la liste de mes ingrédients !

« Oh ! là ! là ! comment vais-je faire ? me lamentai-je.

— Voyons, Lisa, tu es énervée, c'est tout, assura papa d'une voix apaisante. Tout te reviendra sans problème demain, quand tu seras devant tes ustensiles, tu verras.

— Mais je n'arrive même pas à me souvenir du nom de mon gâteau, papa ! Il faut dire, quelle idée j'ai eue de lui donner un nom aussi long.

— Du calme, Lisa, voyons, déclara maman d'un ton ferme. Tu as confectionné ce gâteau une bonne quinzaine de fois, on a vu et revu toutes les étapes ensemble jusqu'à ce que tu ne tiennes plus debout...

Tu sais très bien comment il s'appelle. "Délice Nuit de jais au chocolat noir avec rayons de lune candis". »

C'était vrai. Maman avait été un ange, m'aidant sans compter à tester et mémoriser ma recette. Et pourtant, je ne pouvais pas m'empêcher d'être persuadée que j'allais accumuler les gaffes le lendemain pendant le concours.

« Oui, mais si les autres ont au moins trente-cinq ans et des tas d'années d'expérience, dis-je.

— Et alors ? rétorqua papa. Raison de plus pour ne pas considérer la chose comme une catastrophe, si tu perds. C'est déjà un exploit d'être parvenue à ce stade du concours, à ton âge.

— Mais je ne veux pas qu'on se moque de moi ! protestai-je.

— On ne va pas rire de toi, bêta, on va t'applaudir. »

Ellie m'appela de l'université pour me souhaiter bonne chance et me fit elle aussi la même réflexion :

« Personne ne rira, je t'assure ! Je suis persuadée qu'on va t'applaudir, au contraire. »

Candice ne manqua pas de me téléphoner, elle aussi.

« Comment tu vas t'habiller ? » demanda-t-elle.

J'eus une fois de plus un trou de mémoire.

« Je ne sais pas. Je ne sais plus ce que j'avais décidé. M'man ! lançai-je à la cantonade, qu'est-ce que j'ai dit que je mettrais pour le concours ?

— Eh bien, tu as parlé de ta jupe et de ton chemisier bleu ou d'un jean et d'un chandail gris, me répondit-elle de l'autre pièce.

— Mais non ! Ça, c'était avant ! J'ai changé des tas de fois d'idée, après ça ! lui criai-je.

— Tu veux venir choisir un truc dans mes affaires ? » proposa Candice.

La proposition était gentille, mais elle m'offusqua. J'étais tellement survoltée que tout m'agaçait.

« Non, sûrement pas ! m'exclamai-je. J'avais choisi une tenue formidable et c'est ça que je mettrai... si j'arrive à m'en souvenir.

— Si tu allais te coucher ? suggéra Candice. Demain, tu iras mieux et ça te reviendra. »

Tout le monde se montrait gentil avec moi et je m'en voulais d'être de si mauvaise humeur. Mais je trouvais que personne ne comprenait l'importance du concours pour mon avenir. Ils ne se rendaient pas compte ! Si je gagnais, on m'accepterait peut-être dans une grande école de cuisine !

« Tu sais quoi ? proposa encore Candice. Si tu mettais mon pyjama jaune ? Ça t'allait drôlement bien.

— Candice, tu débloques ou quoi ? protestai-je d'une voix suraiguë. C'est bon pour aller en boîte. Il s'agit d'un concours, écoute ! C'est sérieux.

— Oh, bon, excuse-moi.

— Moi aussi, je m'excuse. Je crois que je suis un peu énervée », expliquai-je.

Je venais à peine de raccrocher le téléphone que la sonnette d'entrée retentit. Stupéfaite, je pris la grande boîte blanche que le coursier me tendait : elle était remplie de roses. Je défis l'enveloppe, lus le petit mot d'accompagnement : « *Tu les auras, la môme. Baisers.''Qui-tu-sais''*. »

Mes yeux se remplirent de larmes. On m'offrait des fleurs magnifiques, avec un petit mot adorable, attentionné. Et j'étais incapable de deviner qui me les avait envoyés. D'abord, je me dis que Alex, mon

Alex, était le seul qui avait pu m'envoyer d'aussi belles fleurs. L'instant d'après, j'aurais juré que c'était Lawrence, mon meilleur ami de toujours, qui avait eu un geste aussi attentionné. Alex, Lawrence... Mon esprit allait de l'un à l'autre, hésitant.

Mais qui vais-je pouvoir remercier ? me demandai-je désespérément. La situation était vraiment ridicule. Si je remerciais Lawrence et que c'était Alex qui m'avait envoyé les roses, gare aux ennuis ! Et vice versa.

Je finis par décider de ne pas me manifester et d'oublier l'incident jusqu'à la fin du concours. Mais je dormis ce soir-là en compagnie du bouquet de roses, posé dans un vase sur ma table de nuit, et son parfum me rappelait sans cesse le dilemme toujours en suspens qui m'attendrait au retour.

Papa et maman me conduisirent le lendemain matin à l'aéroport. J'étais anxieuse au point de n'avoir pu avaler une seule bouchée au petit déjeuner, et de mauvaise humeur, aussi. Peut-être parce que j'avais dû renoncer à un rendez-vous avec Alex pour pouvoir participer au concours.

« Pas de problème, avait-il répondu lorsque je l'avais averti du contre-temps. Les représentations commencent vendredi prochain, alors je vais être pris tout le week-end par les répétitions, de toute façon.

— Vendredi prochain ? Déjà ? »

J'avais promis à Lawrence de sortir avec lui, ce soir-là ! Bien entendu, il n'était pas question que je manque la première d'Alex. Encore un mensonge en perspective...

« Mais oui ! Ça passe vite. Tu préfères une place

124

dans la salle ou être en coulisses ? avait demandé Alex.

— Dans la salle. En coulisses, je risque de manquer des choses. »

Alex m'avait avertie qu'il laisserait mon billet à la caisse.

« Je ne peux pas passer te prendre parce que je dois arriver très tôt au théâtre. Mais on se verra après et on fêtera ça. »

Pendant que l'avion volait dans le ciel, je me pelotonnai sur mon siège et imaginai la représentation. Je voyais Alex en costume de scène, sous les projecteurs. Je me voyais me jeter dans ses bras pour le féliciter. Et cette pensée, bien entendu, me ramena à Lawrence. Comment prendrait-il la chose, lorsque je lui annoncerais que je ne pouvais pas sortir avec lui ce soir-là ?

Alors, je me rappelai que j'avais promis de rompre avec Lawrence après le déroulement du concours. « Très bien, Lisa, me dis-je. Tu as promis, tu tiendras ta promesse. Tu diras ce qu'il faut à Lawrence quand tu le reverras samedi soir pour un dernier rendez-vous. »

Cette décision prise, je me sentis extraordinairement soulagée. Toute mon anxiété avait disparu. Pfft ! Envolée comme un nuage de fumée. L'excitation et un sentiment grandissant de confiance en moi prenaient tout à coup sa place, à l'approche du concours.

J'aurais juré qu'on n'avait jamais goûté rien de pareil à mon « Délice nuit de jais », dans le Wisconsin. Je n'allais peut-être pas remporter le grand prix — un chèque de cinq mille dolars et une coupe en argent — mais en tout cas, je remporterais un succès fou, ça j'en étais certaine.

Une limousine m'attendait à l'aéroport, comme promis, et un groupe d'officiels du concours étaient présents pour m'accueillir. En me voyant, ils échangèrent tous des regards qui semblaient dire : « Ça alors, mais c'est une gamine ! »

L'attachée de presse déclara :

« Ecoutez, nous tenons un papier du tonnerre, on pourra développer l'idée qu'il n'y a pas d'âge pour faire un vainqueur. »

Une femme en tailleur noir enchaîna avec enthousiasme :

« Pas bête ! Si on prenait aussi une photo de Lisa agitant la main à sa descente d'avion ? »

Tout le monde parlait de moi comme si je n'étais pas encore arrivée. J'avais presque envie de remonter dans l'avion et de refaire ma sortie, pour leur rappeler mon existence. Mais une fois que nous eûmes gagné les stands culinaires prévus à cet effet et que le concours commença, tout le monde oublia mon âge. On attribua une cuisine à chaque finaliste et les juges nous observèrent pendant notre travail.

Je mesurai, versai, mélangeai et fouettai. Je me félicitais d'avoir choisi le chemisier vert que je portais. Il était parfait : ni trop décontracté, ni trop habillé et... suffisamment frais pour travailler, car on a très chaud près d'un four !

Lorsque j'eus disposé le dernier « rayon de lune » au sommet de mon gâteau, je risquai un regard du côté des juges. L'une d'elles me souriait. L'expression de son regard semblait me dire : « C'est très bien, Lisa, tu t'en es très bien tirée. Tu peux te détendre un peu, maintenant. » Je lui souris en retour,

126

poussant un profond soupir de soulagement. Et pendant que les juges goûtaient nos pâtisseries, je me rendis aux toilettes des dames pour me rafraîchir.

Le président de la minoterie qui sponsorisait le concours lut le nom du vainqueur quelques minutes plus tard. J'étais de retour dans ma cuisine, debout devant mon gâteau à demi entamé, et assez nerveuse. Tout à coup, j'entendis appeler mon nom. Je sursautai. Le directeur de la firme répéta : « Lisa Kentwood. » Je croisai à nouveau le regard du juge bienveillant et il me sembla une fois de plus me rassurer : « Tout va bien, Lisa. Tu as réussi. Tu as gagné ! »

Ainsi, tout le monde avait vu juste. Personne ne se moquait de moi, on m'applaudissait. Je me rapprochai du micro d'un pas hésitant. On me glissa la coupe d'argent dans une main et le chèque dans l'autre. Serrant mes deux trophées contre moi, je déclarai d'une voix émue jusqu'aux larmes :

« Je n'oublierai jamais cette minute, aussi longtemps que je vivrai. Merci. »

Une fois à l'aéroport, je téléphonai à la maison pour annoncer l'incroyable nouvelle. Maman et papa, très émus, m'accueillirent à ma descente d'avion avec une brassée de roses. Cela me rappela l'espace d'un instant l'autre bouquet et mon Problème. Mais lorsque maman me demanda tous les détails sur ma grande aventure, j'oubliai tout pour revivre en les racontant les heures qui venaient de s'écouler. C'était presque aussi agréable que de les vivre vraiment !

Un journaliste local vint m'interviewer à la maison et des élèves du lycée me coururent après pendant plusieurs jours pour me questionner sur ma victoire. M. Bloomberg lui-même écrivit un petit mot de félicitations sur ma copie de dissertation : « Bravo pour cet excellent devoir et pour un certain exploit culinaire dont j'ai eu des échos. »

Pendant ce temps-là, Alex était toujours si pressé de rejoindre la salle de répétition après les cours que nous avions tout juste le temps de nous dire salut. Mais Lawrence, lui, m'attendit devant le lycée, le lundi matin suivant. Je n'eus pas le courage de décommander tout de suite notre rendez-vous du vendredi, je lui racontai donc de long en large tous les détails du concours.

C'était ce qu'il y avait de merveilleux chez Lawrence : il se souciait réellement de moi. Il m'écoutait pour de bon et ne m'interrompit même pas en voyant que nous allions être en retard pour le premier cours.

« C'est formidable d'avoir réussi, Lisa ! » me dit-il en me serrant l'épaule.

Je parlai à Lawrence des roses que mes parents m'avaient offertes, guettant une réaction quelconque, si c'était lui qui m'avait envoyé le fameux bouquet. Mais il ne réagit pas. Et tout à coup, je compris que c'était Lawrence, justement parce qu'il ne disait rien.

« Oh, à propos, merci pour les roses, Lawrence. C'était vraiment gentil. Elles étaient merveilleuses », dis-je bien vite.

Lawrence me serra de nouveau l'épaule :

« Je suis bien content d'y avoir pensé le premier, avant tes parents.

— Oui, moi aussi. »

Mais lorsque je trouvai Lawrence en train de m'attendre pour rentrer avec moi, le mercredi, je l'avertis de la modification de mes projets, malgré ma répugnance à lui mentir.

« C'est la dernière fois, me disais-je. Samedi soir, quand j'aurai rompu avec lui, j'en aurai fini avec les cachotteries. »

« Ellie revient de l'université, vendredi, dis-je, et j'aimerais bien passer la soirée avec elle. Ça ne te dérange pas trop ?

— Non, pas du tout. Au contraire, remarqua tranquillement Lawrence, je préfère samedi. Il y a un match de basket vendredi que j'aurais justement bien voulu aller voir. »

« J'espère que tu seras toujours d'humeur aussi facile samedi soir quand tout sera fini, souhaitai-je. Oh, Lawrence, je ne veux pas te faire de peine, mais cette fois, c'est bien décidé. Je vais rompre avec toi. »

J'étais si résolue que je sentis avoir enfin trouvé la solution de mon Problème. Il me semblait même possible que Lawrence et moi restions ensuite bons amis. Et brusquement, je cessai d'avoir peur.

Tous les vêtements que je portai pour la première d'Alex avaient été empruntés.

« Je n'ai rien de vraiment habillé ! » m'étais-je lamentée auprès de Candice.

Et c'était vrai. Je ne mettais jamais de toilettes chic, même pour sortir avec un garçon. Alors que Candice, elle, possédait toutes les tenues possibles et imaginables, même une robe du soir — « au cas où on m'inviterait à un mariage », m'avait-elle expliqué.

Elle me prêta donc un ensemble en soie ; maman, sa pochette noire de soirée ; et Ellie m'autorisa à lui emprunter ses collants dorés et son ombre à paupières pailletée.

Papa m'attendait au bas de l'escalier. Point n'était besoin de demander comment il me trouvait en voyant l'expression de son visage. Il se pencha simplement vers moi et planta un baiser sonore sur mon front. Maman, postée à la fenêtre, nous adressa un au revoir de la main et la voiture démarra vers le théâtre.

« Tu veux que je te tienne compagnie jusqu'au commencement de la représentation ? » me demanda papa.

« Lisa, voilà une bonne occasion de t'entraîner, songeai-je. Si tu n'es pas capable de dire à ton père que tu préfères te débrouiller seule, alors, tu n'arriveras jamais à parler à Lawrence, samedi. »

Je trouvai donc le courage de prononcer les mots nécessaires, non sans penser avec satisfaction que je marquais un bon point et que tout se passerait bien samedi soir. J'embrassai papa pour lui dire au revoir et attendis dans le hall, regardant les spectateurs se hâter vers le théâtre. Puis la lumière jaillit, avertissant le public qu'il était temps de prendre place dans la salle. Je me croisai les doigts, souhaitant mentalement bonne chance à Alex.

Bientôt, les lampes déclinèrent et s'éteignirent, et les murmures et les rires se turent instantanément dans la salle. Un groupe de musiciens commença à jouer un madrigal animé et le rideau rouge se leva sur un très beau décor représentant une rue de Vérone.

Lorsque Alex pénétra sur scène, je ne le reconnus pas tout d'abord. Maquillé et en costume, il paraissait plus grand et plus âgé. Mais lorsqu'il entama sa première réplique, les battements de mon cœur se suspendirent : c'était bien Alex ! Mon Alex !

Après cela, il me fut bien égal de voir la rousse tenir le rôle de Juliette. J'étais fascinée. Alex était aussi bon acteur que je l'avais imaginé, meilleur, même. Je le trouvais très professionnel, bien différent, par exemple, des élèves qui jouaient dans nos pièces scolaires. J'admettais aussi que la rouquine jouait bien. Le spectacle m'enchantait.

Je me trouvai bien solitaire pendant les dix minutes de pause de l'entracte, car j'avais très envie de partager mes impressions avec quelqu'un, tant j'étais enthousiaste. Dès que les lumières se rallumèrent, je courus reprendre ma place à l'orchestre. Et une fois la pièce terminée, une fois que le prince eut tristement récité les deux derniers vers, les yeux ruisselants de larmes, je sus que je venais de vivre un événement exceptionnel et qu'Alex y était pour beaucoup.

J'applaudis à tout rompre à chaque rappel, j'applaudis à m'en donner mal aux mains, pendant que la troupe saluait. Puis je me ruai au-dehors et fis les cent pas sur le trottoir en attendant Alex.

Je me demande encore aujourd'hui ce qui me prit d'aller l'attendre en dehors du théâtre. Si seulement j'avais patienté dans le hall, j'aurais peut-être vu venir Lawrence à travers les portes vitrées, alors qu'il remontait la rue après la fin du match de basket. J'aurais sans doute pu me dissimuler en retrait et il ne m'aurait pas aperçue.

Oui, tout aurait pu se passer comme je l'avais projeté. Mais ce ne fut pas le cas. Je provoquai une catastrophe sans l'avoir voulu. Une vraie catastrophe. Tout ce que j'avais tant redouté devint réalité, comme dans un cauchemar, et même pire encore. Parce que ce n'était pas un mauvais rêve, qu'il ne s'agissait pas de personnes imaginaires. Non, c'était bien réel et il était question de gens bien réels aussi, de personnes que j'aimais.

10

*T*out arriva si vite ! Un instant plus tôt, j'étais seule devant le théâtre, attendant Alex. L'instant d'après, je me retrouvai entourée par Alex et par Lawrence !

Alex était seul, quand il poussa la porte latérale du théâtre. Le public et presque tous les acteurs de la troupe étaient déjà partis. Je remarquai aussitôt son air rayonnant et il me plut de croire que c'était du bonheur de me retrouver.

« Désolé d'avoir tardé, me dit-il. J'ai dû dire au revoir à tout le monde, et puis il y avait mes parents. »

Je fis signe que je comprenais et que tout allait bien maintenant qu'il était là.

« Alors, qu'en penses-tu ? » demanda-t-il.

Nous étions à deux pas de distance l'un de l'autre. J'avais tant de fois imaginé cet instant, et de tant de façons différentes ! Dans une version, j'avais prévu d'applaudir et de crier bravo dès que je verrais Alex.

Dans une autre, je courais droit à lui, jetais mes bras autour de son cou et le serrais bien fort contre moi. Mais en fait, quand je fus devant lui, je me sentis tellement intimidée que je n'osai plus ni bouger, ni parler.

« Alors, c'était bien, ça t'a plu ? » redemanda Alex en se rapprochant de moi.

Il ébaucha le geste de relever la mèche de cheveux qui avait glissé sur mon visage et je lui saisis la main et la serrai. Nous restâmes ainsi quelques secondes, les doigts mêlés, et je trouvai enfin mes mots.

« C'était merveilleux. Tu étais merveilleux. C'était formidable. Tu étais formidable. J'ai adoré, adoré, adoré ! »

C'était tout ce que Alex désirait entendre. Il m'enlaça et me fit tournoyer dans ses bras. *Et c'est alors que j'aperçus Lawrence*. Je virevoltais avec Alex, il riait, je riais. Soudain, je me raidis, cessant de rire. Lawrence était là, debout devant nous, l'air meurtri par la peine et la colère.

Je m'arrachai à l'étreinte d'Alex et fis face à Lawrence, le souffle court. Alex sentit qu'il se passait quelque chose et, calmement, se plaça près de moi, m'entourant les épaules d'un bras protecteur. Une crispation traversa le visage de Lawrence en voyant ce geste, et j'en eus de la peine pour lui.

« Bonsoir, Lisa, dit-il faiblement, comme s'il livrait contre son émotion débordante une bataille perdue d'avance.

— Bonsoir, Lawrence », murmurai-je.

Dans l'étrange silence qui s'ensuivit, Alex, décidément d'humeur joyeuse, voulut se montrer agréable.

« Salut, je suis Alex Wiley », dit-il en tendant sa main libre à Lawrence.

Mais Lawrence était bien loin des mondanités. Il ignora cette main tendue et me dévisagea ouvertement.

« Comment va ta sœur ? demanda-t-il d'une voix coupante.

— Oh, Lawrence ! m'écriai-je, je t'en prie, ne sois pas fâché ! »

Mon cœur battait si fortement que j'avais l'impression qu'ils entendaient tous deux ses pulsations précipitées.

« Ne sois pas fâché ? répéta Lawrence. Mais pour qui me prends-tu, dis-moi, Lisa ? »

Son visage s'était empourpré et je compris, à mon grand désespoir, qu'il n'y aurait pas moyen de le maîtriser.

Alex, qui commençait à comprendre, détacha son bras de mes épaules et demanda :

« Il y a un problème, Lisa ? »

Mais ce fut Lawrence qui répondit :

« Il y a un problème ? Il y a un problème ? Regarde un peu autour de son cou et tu verras où est le problème ! »

Et, sans prévenir, il tendit le bras et retira la chaîne d'or de dessous mon encolure. Son visage crispé de douleur et de colère se rapprocha dangereusement du mien et il déclara :

« C'est vraiment ignoble de ta part, Lisa. »

Je crois que ce fut de voir la chaîne d'or autour de mon cou qui lui porta le coup final. Ses yeux commençaient à se remplir de larmes, mais il luttait pour ne pas se laisser aller.

« Dire qu'il y a des semaines que je te demande de me dire la vérité ! explosa Lawrence, qui s'adressa ensuite à Alex. "Je suis sûre de moi à quatre-vingt-dix-neuf virgule quarante-quatre pour cent", voilà ce qu'elle m'a dit. Est-ce qu'elle te l'a dit aussi ? Est-ce qu'elle a aussi accepté de porter ta chaîne d'or et promis de sortir avec toi ? Est-ce qu'elle t'a demandé de respecter ses sentiments parce qu'elle n'arrivait pas à se décider et est-ce que tu t'es trouvé imbécile parce que tu avais osé te plaindre ? Est-ce qu'elle a déjà annulé un rendez-vous avec toi sous le prétexte que sa sœur passait le week-end à la maison et qu'elle voulait être avec elle ? »

Un sanglot l'interrompit et Lawrence — humilié, furieux et vaincu — s'enfuit sans permettre à qui que ce fût d'ajouter un seul mot.

Alex et moi nous restâmes seuls, dans la rue sombre et froide.

« C'est vrai ? demanda Alex au bout d'un moment.

— En grande partie, avouai-je.

— A quatre-vingt-dix-neuf virgule quarante-quatre pour cent ? » redemanda-t-il froidement.

Je regardai Alex et je ne lus nulle sympathie, nulle chaleur dans son regard. Seulement une expression glaciale, lointaine et déçue.

« Je t'en prie, essaie de me comprendre, plaidai-je. Je me sentais tellement tiraillée. C'était si difficile. J'avais si peur.

— Mais, *j'essaie* de comprendre, dit Alex. Je comprends même beaucoup plus de choses que tu ne crois. Tu t'imagines que je suis furieux parce qu'il y avait un autre garçon dans ta vie. Mais tu te trompes.

— Qu'est-ce qu'il y a, alors ?

— J'ai de la peine pour ce pauvre bougre. Mais

136

enfin, comment as-tu pu lui faire une chose pareille, Lisa ? »

Je dévisageai Alex d'un air surpris.

« Les garçons ont des sentiments eux aussi, figure-toi. Et c'est drôlement dur pour un type de s'effondrer devant un autre et devant la fille qu'il aime. Il devait sûrement t'aimer beaucoup. Tu as dû lui donner l'impression qu'il pouvait être sûr de toi. Et tout à coup, il te voit avec moi, dans mes bras. Ç'a dû être un sacré coup dur ! On voyait bien qu'il s'efforçait de faire bonne figure. Et qu'est-ce qui lui arrive ? Il se met à pleurer. Tu ne sais pas que les garçons pleurent comme tout le monde ? Qu'ils peuvent être gênés et malheureux ? »

De toute mon existence, je ne m'étais jamais sentie aussi moche, aussi minable, aussi garce. Je restai plantée là sans réagir pendant qu'Alex me déversait mes quatre vérités. Il avait raison. Ils avaient tous les deux raison. Mais je ne pouvais même pas l'admettre devant eux parce que... eh bien, comment auraient-ils pu encore me croire, maintenant ?

Alors, Alex saisit la chaîne que je portais autour du cou et joua avec un instant.

« Tu portais vraiment cette chaîne, quand tu es sortie avec moi ?

— Alex, assez, je t'en supplie ! » m'écriai-je d'une voix tremblante.

J'avais le visage brûlant de honte. Mais mon corps restait étrangement froid et je n'arrivais plus à m'empêcher de trembler.

« Je m'arrête à une condition, dit Alex.

— Laquelle ?

— Que tu ne te mettes pas à pleurer. Franchement, je ne pourrais pas le supporter. N'essaie pas de m'apitoyer. Toute ma sympathie est pour Lawrence. »

Il y eut un silence, puis il reprit :

« Bon, je ne suis pas d'humeur à faire la fête, ce soir. Autant que je te raccompagne chez toi. »

La dureté de ses paroles me fit monter les larmes aux yeux. Mais j'avais promis, je ravalai mes pleurs tant bien que mal, et le trajet en voiture s'effectua dans un silence glacial. Une fois arrivés devant ma porte, je tremblais toujours. Alors Alex ôta sa veste et me la jeta sur les épaules, sans m'adresser le moindre regard. Puis il dit :

« Lawrence était le premier, hein ? Je veux dire, tu l'as connu en premier ? »

Je hochai la tête d'un air lugubre.

« Alors, je pense qu'on ne doit pas ressortir ensemble tant que tu n'auras pas clarifié la situation avec lui. Lisa, je suis peut-être fou de te dire ça maintenant, mais je pensais te demander de sortir avec moi, avant que cette histoire avec Lawrence balance tout par terre. »

Je crus entrevoir une vague lueur d'espoir.

« Alex, ce n'est pas pour t'attendrir ni quoi que ce soit de ce genre, mais il y a une chose que je voudrais te dire, déclarai-je finalement. Une chose que je n'ai jamais dite à aucun garçon. Ni à Lawrence, ni à personne. »

Alex restait muet, mais il consentit du moins à me regarder et cela me suffit pour trouver le courage de poursuivre.

« Depuis toujours, enfin, depuis le début de mon adolescence, en tout cas, j'ai peur de fâcher les gens contre moi, surtout les garçons. Ça m'a fait tellement peur, que j'ai souvent caché mes sentiments, ou menti sur ce que je ressentais. Je pensais que si je disais le fond de ma pensée, personne ne voudrait plus jamais m'adresser la parole. »

Alex restait silencieux, mais il semblait écouter.

« C'est ce qui s'est passé avec Lawrence. Je n'arrivais pas à lui dire ce que je ressentais. J'avais peur de lui faire de la peine et de le mettre en colère.

— Résultat, tu lui as vraiment fait de la peine et tu l'as vraiment rendu furieux, ajouta Alex.

— Oui, maintenant je vois bien, avouai-je. Mais avant, je ne m'en rendais pas compte. Et si ça peut arranger un peu les choses, j'avais l'intention de rompre avec lui demain soir. Sincèrement.

— Et moi, alors ? demanda Alex. Tu avais l'intention de me parler de lui ? Ce fameux jour, à la bibliothèque, tu avais peur de tomber sur Lawrence, c'est ça ? C'est pour ça que tu étais si nerveuse, hein ?

— Oh, Alex, toi non plus, je ne voulais pas te faire de peine !

— Eh bien, c'est raté », dit Alex avec colère.

Cette fois, il parut vraiment las et excédé. Il reprit sa veste, me jeta un bref regard et dit :

« Appelle-moi quand tu auras tout réglé et que tu seras redevenue libre, O.K. ? Je ne supporte plus de parler de ça ce soir. »

Et il tourna les talons. Je le regardai partir, me rappelant tristement la première fois où je l'avais rencontré et la joie que j'avais éprouvée à le contempler, à regarder les mèches de cheveux sur sa nuque et ses larges épaules, lorsqu'il me guidait à travers sa maison. Maintenant, il s'éloignait et j'ignorais si je le reverrais un jour.

J'avais promis à Alex de garder les yeux secs.

Mais je n'avais aucune peine à tenir ma promesse, en cet instant. J'étais bien trop triste pour pleurer.

Papa et maman m'attendaient et demandèrent gaiement :

« Alors, comment était la pièce ? Tu rentres bien tôt, non ?

— Je suis épuisée, parvins-je à dire tant bien que mal. Ça vous ennuie si on en parle demain ? »

Ma voix et mon expression durent leur en dire suffisamment, car ils ne demandèrent pas d'explication. Je montai me coucher en chancelant, sombrant aussitôt dans un profond sommeil.

Le dimanche s'écoula sans que j'aie l'impression de sortir vraiment de ma léthargie. Candice m'attendait devant le lycée le lundi matin et demanda dès qu'elle me vit :

« Alors, c'est fait ? »

Elle parlait de ma rupture avec Lawrence, bien sûr.

« Oh, pour être fait, c'est fait. Vraiment fait », dis-je en m'éloignant sombrement pendant qu'elle me suivait des yeux, stupéfaite.

Pendant les deux jours qui suivirent, je me traînai misérablement de la maison au lycée et du lycée à la maison. Je me sentais accablée, sans énergie. Candice me téléphona plusieurs fois, mais je n'avais pas envie de parler. Maman vint à diverses reprises me trouver dans ma chambre. Elle essaya même de me réconforter en préparant mes plats favoris, mais rien ne semblait pouvoir me tirer de l'état misérable dans lequel je me trouvais.

Et puis, le jeudi, je croisai Lawrence dans les couloirs du lycée. Nous échangeâmes un regard, puis chacun détourna les yeux. Mais après cet incident, je compris que je devais réagir. Je ne pouvais pas laisser les choses continuer comme ça. C'était à moi de faire un geste. Je devais prendre mes responsabilités.

Tout à coup, mon cœur et ma tête se remirent à fonctionner avec frénésie, comme un moteur qu'on vient juste de remettre en état de marche. On aurait dit que la Belle au bois dormant venait de se réveiller — bien que ce ne fût pas par la grâce d'un baiser. C'était plutôt une claque. Mais au moins, elle était tirée de sa léthargie.

Ce soir-là, assise à mon bureau, j'écrivis à Lawrence une très longue lettre, la plus honnête que j'eusse jamais écrite. Elle couvrait sept grandes pages, où je rappelais surtout les bons moments que nous avions vécus ensemble dans le passé. Puis elle se terminait comme suit :

« Oh, Lawrence, j'ai appris tant de choses à tes dépens ! Je t'ai fait de la peine et tout ça, uniquement parce que j'essayais de m'épargner ce qu'il m'est le plus difficile de faire : dire non. Si seulement j'avais dit non il y a des semaines ! Mais j'avais peur que tu croies que je ne t'aimais pas. Pourtant, je t'aime beaucoup, Lawrence. Il faut que tu me croies. C'est vrai que je ne voulais pas être ta copine et qu'Alex me plaisait. Mais je t'aime toi aussi et c'est aussi pour ça que les choses étaient si dures pour moi.

Quand je pense qu'on ne sera peut-être plus jamais amis, ça me brise le cœur. Je ne peux pas m'imaginer que je poursuivrai mes études sans t'avoir à mes côtés. Je n'arrive même pas à imaginer que tu pourrais ne plus vouloir me parler. Ni même me regarder quand on se croise dans les couloirs. Mais si c'est ce que tu veux, j'accepterai.

Je tiens en tout cas à ce que tu saches une chose : je

t'aime beaucoup et je t'aimerai toujours. Tu restes un de mes meilleurs amis. Je sais que je t'ai déçu. Je sais que je t'ai fait de la peine. Tu ne peux peut-être pas me pardonner, mais au moins, tu sauras que j'ai changé après tout ce qui s'est passé. Je crois que je sais maintenant faire part de mes sentiments réels à quelqu'un, que ce soit un garçon ou une fille. Je ne cesserai peut-être jamais d'avoir peur, mais au moins, je suis prête à courir davantage de risques. Alors, Lawrence, si tu penses que notre amitié est finie, je saurai l'accepter. Mais si jamais tu voulais me faire un signe, sache que tu rendras ta vieille amie Lisa profondément heureuse. »

Je portai cette lettre sur moi pendant plusieurs jours avant de trouver l'occasion de la remettre à Lawrence. J'en eus la possibilité le mercredi suivant, juste avant le dernier cours de la journée, où je savais qu'il était en cours de sociologie. Je me rendis tout simplement dans sa classe, déposai l'enveloppe devant lui sur son bureau et repartis. J'attendis ensuite devant le lycée à la sortie. Mais Lawrence ne parut pas. Il avait dû s'en aller par une porte latérale.

Il en fut de même le lendemain. Mais en rentrant chez moi le jour suivant, je trouvai une enveloppe blanche rédigée à mon nom devant notre porte. Je l'ouvris d'un coup de pouce et lus : « *Chère Lisa, merci pour ta lettre. Lawrence.* »

C'était tout. Mais c'était assez. Assez pour que je puisse me sentir autorisée à revivre. Je courus dans ma chambre et, sans même réfléchir, composai le numéro d'Alex.

« Alex ? dis-je dès qu'il eut décroché. Euh, j'ai clarifié ma... euh... mon autre relation. »

Il y eut un silence à l'autre bout du fil et l'anxiété me gagna.

« Alex ? C'est Lisa. Et j'essayais de te dire que... que je suis libre, quoi. »

Puis je fermai les yeux et priai de toutes mes forces. Alex se décida finalement à se manifester :

« Bon, eh bien, dans ce cas, que dirais-tu d'aller à une fête avec moi samedi soir ? »

J'étais si soulagée que je mis à rire. Alex m'aimait toujours ! Et Lawrence m'avait remerciée pour ma lettre ! Peut-être que tout allait s'arranger ? Peut-être ?

« Eh bien, on dirait que tu es redevenue toi-même, Lisa, observa maman en revenant du travail.

— Tu peux le dire ! Alex m'a invitée à une soirée, demain soir. »

Petit à petit, par bribes, j'avais raconté à maman ce qui s'était passé. A cet instant, elle se détendit et me sourit.

« J'en suis heureuse pour toi, Lisa. Et Lawrence ? Il y sera aussi ? »

Tout à coup, le cœur me manqua. Lawrence ! Mais bien sûr ! C'était une fête du lycée et beaucoup d'élèves seraient là. Lui aussi, peut-être.

« C'est possible, avouai-je.

— Eh bien, ce n'est peut-être pas une mauvaise chose. Il est sans doute temps que vous vous retrouviez un peu face à face. »

Je n'avais pas autant de certitudes que maman à ce propos et je passai les vingt-quatre heures qui suivirent à la fois à me demander comment j'allais m'habiller pour la soirée et à m'inquiéter des réactions de Lawrence, s'il me voyait là-bas avec Alex.

Je téléphonai à Candice.

« Salut ! Dis, je peux t'emprunter ton ensemble jaune ? Tu te rappelles ? demandai-je en désespoir de cause.

— Tiens, salut l'étrangère, répondit mon amie. Oui, bien sûr, tu peux m'emprunter l'ensemble jaune et non, je n'ai pas oublié, même si ça fait une éternité que tu ne m'as pas donné signe de vie.

— Candice, je suis désolée, mais je ne pouvais pas faire autrement. Je traversais une sale période, tu sais. Lawrence m'a surprise avec Alex et je n'avais envie d'en parler à personne. Même pas à toi.

— Je sais ce qui s'est passé, répondit doucement Candice. Lawrence me l'a dit. C'est pour ça que je t'ai laissée tranquille.

— Lawrence t'en a parlé ?

— Ben, il était plutôt malheureux, tu sais. Il avait besoin de se confier, dit Candice, sur la défensive. On fait du jogging ensemble, au cas où tu l'aurais oublié.

— Oh, oui, c'est très bien.

— Il m'a même invitée à la soirée de Tim, ce soir. J'espère que cela ne te dérange pas.

— Candice, pourquoi veux-tu que ça me dérange ? J'imagine qu'on se retrouvera là-bas, alors. On y va aussi, Alex et moi. »

Mais je m'avouais en mon for intérieur que cela me faisait un drôle d'effet de voir ma meilleure amie et mon ex-petit ami sortir ensemble si peu de temps après ce qui s'était passé.

Les premiers instants que je partageai avec Alex ce soir-là furent timides et embarrassés. Aucun de nous deux ne savait quoi dire à l'autre. Mais dès que nous nous retrouvâmes seuls en voiture, Alex se détendit. J'avoue pourtant que j'aurais mieux aimé qu'il conserve sa timidité, car voici la première chose qu'il me dit :

« Lisa, quand tu as téléphoné pour me dire que tu étais libre, j'ai vraiment été heureux. Tu m'as beaucoup manqué. Alors, j'aimerais savoir si tu veux bien sortir avec moi pour de bon. »

J'étais si surprise que j'en restai bouche bée.

« Qu'est-ce qu'il y a ? Tu es libre maintenant, non ? demanda Alex.

— Oh, oui, bien sûr, dis-je aussitôt. Ce n'est pas le problème.

— Alors, c'est quoi ? »

Je pris une profonde inspiration et je me dis : « Lisa, te voilà au pied du mur. Voilà ton premier test depuis ton fiasco avec Lawrence. Rappelle-toi : réfléchis à ce que tu ressens et réponds honnêtement. »

« Je... je... Je suis vraiment, euh, très honorée que tu me demandes de sortir avec toi, Alex. Sincèrement. Mais je suis sûre à quatre-vingt-dix-neuf virgule quarante-quatre pour cent que je ne suis absolument pas prête à m'engager aussi sérieusement pour l'instant.

— Tu veux dire que tu pourrais avoir envie de sortir avec d'autres garçons ?

— Eh bien, oui, c'est possible. Je t'aime plus que n'importe qui, Alex. Mais j'aimerais te connaître davantage avant de m'engager pour de bon avec toi. »

A ma grande surprise, Alex ne parut ni furieux, ni peiné.

« Très bien, dit-il calmement. A partir du moment où on aura des tas d'occasions de mieux nous connaître. D'accord pour se voir vendredi et samedi prochains ?

— Marché conclu », répondis-je avec soulagement.

Mais en pénétrant dans la salle des fêtes, je me raidis de nouveau en reconnaissant Lawrence dans la première personne que j'aperçus. Je gagnai un recoin et tournai le dos pendant qu'Alex s'éloignait pour me chercher un Coca. J'espérais de toutes mes forces que Lawrence ne m'avait pas vue, mais autant rêver. Un instant plus tard, il me touchait légèrement l'épaule.

« Tu veux danser ? » demanda-t-il en souriant.

Je lui rendis son sourire.

« Bien sûr. »

Comparé à Alex, Lawrence était un danseur remarquable. Il bougeait en mesure, lui au moins. Je commençais sincèrement à m'amuser quand il me demanda :

« Lisa, tu ne porterais pas ma chaîne d'or sur toi, par hasard ? »

Je m'immobilisai, paralysée de crainte. Que lui dire ? Allait-il se fâcher, si je reconnaissais que je ne la portais pas ? Je respirai un bon coup et passai vaillamment ma seconde épreuve.

« Non, je ne l'ai pas sur moi, mais je l'ai apportée dans mon sac, dis-je franchement.

— Oh, parfait, dit Lawrence d'un ton dégagé. Bon, puisque tu ne la portes plus, ça ne t'ennuie pas de me la rendre, non ? »

En fait, j'avais songé à restituer sa chaîne à Lawrence au cours de la soirée si l'occasion s'en présentait. C'est pourquoi je l'avais glissée dans mon sac. Mais je ne m'étais pas doutée que ce serait aussi facile !

« Tu comprends, expliqua Lawrence d'un air espiègle, il n'est pas impossible que je demande bientôt à quelqu'un d'autre de la porter. »

Cette fois, je me mis franchement à sourire. J'étais si contente pour Lawrence ! Il avait l'air heureux — et ne paraissait plus du tout m'en vouloir.

Soudain, il redevint grave.

« Tu sais, Lisa, je ne pourrais jamais rester longtemps fâché contre toi. Tout ce que tu as dit dans ta lettre est vrai. Tu es toujours une de mes meilleures amies et tu le seras toujours.

— Oh, Lawrence ! » m'écriai-je en lui sautant au cou.

Tout à coup, quelqu'un me toucha légèrement l'épaule. Cette fois, c'était Candice.

« Désolée, Lisa, dit-elle en souriant et en glissant son bras sous celui de Lawrence pour l'accaparer. Mais tu as déjà eu ton tour. »

Nous éclatâmes tous les trois de rire. Alex, qui m'attendait à l'écart, vit la scène et n'hésita plus à nous rejoindre. Avant de me laisser emporter dans ses bras, je saisis bien vite la main de Candice et la lui serrai en chuchotant : « Tu as raison, c'est ton tour. Et bonne chance ! »

Puis je lui adressai un clin d'œil et la laissai s'éloigner pendant que Alex m'enlaçait. Pour la première fois de ma vie, je me sentais libérée. Il avait été dur de rompre, plus dur encore qu'il n'aurait dû. Mais c'était merveilleux de se réconcilier. C'était la plus merveilleuse expérience de ma vie.

11

*L*a réconciliation com-
mença avec Lawrence au cours de la fête : qu'il était
bon de le voir à nouveau faire partie de mon existence ! Elle se poursuivit avec Candice, ma chère, ma
belle Candice. Au moins, à présent, quelqu'un
l'aimait et se souciait d'elle. Elle rayonnait quand
elle regardait Lawrence et désormais, je me sentais
encore plus proche d'elle.

Mais c'est surtout avec Alex qu'il fut merveilleux
de se réconcilier. On dansa, plaisanta, bavarda. Et
lorsque la fête fut finie, nous savions tous les deux
sans avoir besoin de nous le dire qu'il était encore
trop tôt pour rentrer. Nous ne pouvions nous résoudre à nous quitter déjà. Alors, après avoir dit au
revoir à tout le monde, Alex m'entraîna jusqu'à sa
voiture. Au moment où il démarrait, je m'inquiétai
de savoir ce qu'on ferait.

« On ne rentre pas, hein ? demandai-je.

— Non. »

Rassurée, je poussai un soupir heureux et abandonnai ma tête sur son épaule. Puis j'ajoutai :

« On va où ? »

Alex me regarda, de ses beaux yeux verts, et dit :

« Tu ne devines pas ?

— J'espérais que tu m'emmènerais là-bas, mais j'avais peur que tu aies oublié. »

Alex secoua la tête.

« Je ne risque pas d'oublier. C'est notre coin. »

Alors, nous traversâmes une fois encore les rues étrangères, bordées de maisons non familières, jusqu'à atteindre la lisière de la ville, là où les arbres apparaissaient.

Dès qu'Alex eut stoppé le moteur, je perçus l'écho lointain de l'orchestre, au-delà du lac. On se tourna instinctivement l'un vers l'autre.

« Ce sera toujours notre coin, murmura Alex en effleurant mes lèvres.

— Oui, toujours », répondis-je en me serrant contre lui.

Nos lèvres se rencontrèrent de nouveau. Puis il se mit à m'embrasser le front, le nez, les yeux, à me couvrir le visage de baisers.

« Je t'aime tellement, Lisa, dit-il d'une voix troublée. Mais j'ai un aveu à te faire. »

Nous nous séparâmes et sortîmes de voiture pour rejoindre le bord du lac. Nous restâmes là, blottis l'un contre l'autre, dans la nuit froide et claire, à regarder les lumières qui se reflétaient dans l'eau.

Plus tard seulement, une fois rentrée et blottie dans mon lit, je réalisai que je ne m'étais pas affolée quand Alex m'avait avoué qu'il avait un aveu à me faire. En fait, j'étais restée calme et patiente, je n'avais rien dit, attendant qu'il se décide lui-même à parler. C'était si merveilleux d'être là, dans ses bras, tout près de lui...

Et lorsqu'il se décida enfin, de petites larmes se mirent à couler sur mes joues en l'écoutant. Alex les embrassait en souriant, parce que ce n'étaient pas des larmes de peine. C'était un peu des larmes de tristesse, mais aussi de soulagement, de surprise et de libération.

« Je suis content que tu ne veuilles pas sortir avec moi. Tu sais, je t'aime plus que toutes les filles que je connais ou que j'ai connues. Et pourtant, je suis soulagé, dit calmement Alex.

— Pourquoi ? demandai-je.

— Parce que j'éprouve pratiquement la même chose que toi. Je ne me sens pas prêt. Mais je me sentais obligé de te le demander, sinon je croyais que tu aurais de la peine, admit-il.

— Oh, Alex, m'écriai-je, mais tu ne vois pas qu'on est pareils ! Exactement pareils !

— Oui, je crois, effectivement, admit-il lentement. Peut-être que tout le monde est comme ça, au fond. On a tous peur que les autres nous en veuillent. »

Nous restâmes ensuite silencieux pendant un long moment. Nous restions simplement à nous regarder. De temps en temps, je redressais une de ses mèches de cheveux, ou lui caressais la joue, et Alex m'embrassait sur le bout du nez, ou me serrait un peu plus fort.

Lorsqu'il me reconduisit enfin chez moi, nous n'avions toujours pas envie de nous quitter. Assis dans sa voiture et laissant ronronner le moteur, nous trouvions sans cesse de nouvelles choses à nous dire. Notre bavardage mourut peu à peu, nous finîmes par nous sentir plutôt engourdis, tant nous étions fatigués. Mais nous ne pouvions toujours pas nous décider à nous séparer. Alors, on resta assis ensemble, simplement heureux de se regarder et de se tenir les mains.

Il était déjà tard, et il se fit plus tard encore. Alors, au moment où je ne me sentais même plus la force de tenir la main d'Alex, je trouvai la bonne façon de le quitter. Je le regardai au plus profond des yeux, pris son visage entre mes deux mains.

« C'était la plus belle nuit de toute mon existence, dis-je doucement. La plus belle.

— Pour moi aussi.

— Bonne nuit », murmurai-je, mais pas au revoir.

Alex sourit.

« Je te téléphonerai », dit-il en me raccompagnant jusqu'à ma porte.

J'avais trouvé moyen de lui dire au revoir... sans le lui dire du tout. On aurait dit un bonjour, plutôt. Bonjour la nuit, bonjour le soleil. Bonjour Alex, bonjour Lawrence. Bonjour tous les autres jours de ma vie.

 **Sweet Dreams**

Enfin des livres où les pages
vous prennent dans leurs bras.

*La série SWEET DREAMS : une série avec pour toile
de fond la musique, les rencontres, les vacances, le
flirt...*
Découvrez-la.

MA SŒUR AVAIT RAISON   Yvonne GREENE

« Cindy, je ne comprends rien !
— Mais, maman... Christine a tout tenté pour me voler
Ron !
— Comment ta sœur aurait-elle pu faire une chose
pareille ! »
Furieuse, je décidais d'aller voir Ron immédiatement.
Il fallait bien qu'il avoue !
J'allais sonner lorsqu'un bruit m'attira vers la fenêtre
du premier étage, celle de Ron... J'approchai. Un
garçon et une fille s'embrassaient passionnément...
Christine et Ron ! Je faillis hurler...

LE PIÈGE DE L'ÉTÉ   Barbara CONKLIN

« Sale menteuse ! cria Cliff. J'en ai marre de toi,
marre de cette maison !
— Pauvre idiot, va ! hurlai-je sans réfléchir. Tout le
monde sait que ton père ne te reprendra jamais. Tu es
vissé ici, Cliff Morrow, et tu ferais mieux de t'y
habituer tout de suite ! »
Rien n'allait plus, cet été, depuis que Cliff et sa mère
s'étaient installés chez nous : avec l'Amour, je
découvrais la Haine...

UN ÉTÉ QUI S'ANNONCE MAL

Melinda POLLOWITZ

Malgré les difficultés qu'elle éprouvait à s'adapter au mode de vie de ses très riches cousins, Amy se prit à goûter au luxe, en rêvant au baiser que venait de lui donner Guy.

Pourtant, quelque chose la gênait, lui nouait le cœur, une image la troublait. Pete l'avait tout de suite attirée, car il semblait plus sérieux et plus aimable que Guy, plus naturel en somme.

Mais pouvait-elle choisir? Le devait-elle, seulement?

Décidément, songea Amy, ces vacances vont être compliquées.

UNE FILLE PAS COMME LES AUTRES

Anne PARK

En entrant dans le studio, je ne pensais plus qu'à Dennis qui devait être là, perdu dans le public.

Je voulais jouer uniquement pour lui...

Lorsque j'attaquai ma partition, l'archet vola sur les cordes et les notes ruisselèrent comme un torrent.

Je croyais rêver.

Un silence impressionnant marqua la fin de mon solo.

J'avais le cœur serré.

Mr Greeley, le chef, souriait.

« Eh bien, mademoiselle Ashton, dit-il, je vous engage immédiatement comme premier violon de l'orchestre! »

LA FILLE AUX YEUX VERTS

Suzanne RAND

Je faillis lui jeter le flacon de parfum à la figure et lui dire de le garder pour *son* amie Pam.

J'étais furieuse et découragée. La bague, la chevalière du lycée, par laquelle il pouvait se lier avec une fille, était encore à son doigt...

Il allait l'offrir à cette Pam, j'en étais persuadée...

LA NUIT DU CAMPUS   Debra SPECTOR

Tout a débuté quand le professeur d'économie
politique a lancé :
«Barbara Vreeland et Michael Mc Nally».
Les deux étudiants devaient préparer *ensemble* un
exposé !
Barbara était effondrée : depuis l'âge de six ans elle
se disputait avec Michael. Tout semblait les opposer et
la décision du professeur était absurde.
Mais Barbara et Michael avaient peut-être changé
sans s'en rendre compte...

QUAND JE PENSE A TOI...   Jeanette NOBILE

Tante Jane marqua un temps d'arrêt avant de
commencer :
« Harvard organise un cours d'été qui permet aux
meilleurs élèves de première d'entrer directement en
faculté au mois de septembre.
– Ah, bon ?
– Oui, Francès, et je suis parvenue à t'y inscrire.
– Hein ? Moi ! Mais, ma tante...
– Il n'y a plus aucun problème, tu commences lundi. »
Plus de vacances, plus de terminale, et surtout... plus
jamais je ne pourrais revoir Paul !...

LES COPAINS DE L'ÉTÉ   Janet QUIN-HARKIN

« Voyons, Jill ! Si on trouve du travail cet été, on ne
va pas continuer à sortir avec les gamins du collège.
– Que veux-tu dire ?...
– Eh bien, je te parie que je décroche cinq *vrais*
rendez-vous avant le mois de septembre.
– Cinq ! Pourquoi pas dix ! Et avec ton charme
peut-être ? Tina, tu plaisantes !
– D'accord, puisque c'est comme ça, j'aurai mes dix
rendez-vous, et avec des garçons intéressants. Tu vas
voir ! »

SI JE DANSE AVEC TOI...   Jocelyn SAAL

« Polly, tu vas vraiment passer cette audition pour
être la doublure de Shirley MacLaine ?
– Tu m'ennuies, Jennyfer. Je voudrais bien savoir ce
que tu ferais à ma place !
– Le problème n'est pas là.
– Où est-il alors ? Tu ne cesses de me faire des
remarques, des reproches. Je te croyais ma meilleure
amie, tu parles !
– Oh ! Pourquoi changes-tu tellement Polly ? Tu n'as
jamais été comme ça... seulement... depuis que tu es
avec lui... »

COURSE SANS FIN   Joanna CAMPBELL

Jill regarda le garçon s'éloigner sur son magnifique
cheval.
« Il est vraiment sympa, dit-elle à Maura.
– Je le trouve très prétentieux.
– Au cas où tu ne l'aurais pas remarqué, il n'a pas
cessé de te dévorer des yeux. »
Maura était trop occupée à s'entraîner en vue du
concours hippique pour avoir envie de perdre son
temps avec les garçons.
Mais son amie Jill semblait bien décidée à lui changer
les idées avant la fin de l'été.

Enfin des livres
qui vous font entrer dans la vie :

*Etes-vous tendre, affectueuse, sincère, désintéressée
comme Elizabeth?*
*Connaissez-vous une fille coquette, intrigante,
menteuse, arriviste comme Jessica?*
*Les sœurs jumelles de SUN VALLEY vous invitent à
partager leurs secrets.*

SŒURS RIVALES Francine PASCAL

« Allô, c'est Jess ou Liz?
– Jessica, bien sûr. Qui est à l'appareil?
– Salut, Jess, c'est Todd. Elizabeth est-elle là? »
Les sourcils de Jessica se froncèrent.
C'était à *sa sœur* que le plus beau garçon du lycée
voulait parler. Cette idée lui fut insupportable.
« Non. Liz n'est pas encore rentrée.
– Ah?... »
Elle remarqua avec plaisir de la déception dans la
voix de Todd.
« Bon, merci. Je rappellerai. »
Liz sortait à ce moment de la salle de bains et
demanda :
« Qu'est-ce que c'était, Jessica?
– Oh, rien, un faux numéro!... »

LA PREUVE CACHÉE Francine PASCAL

« Enid! s'exclama Jessica d'un ton méprisant. Je me
demande ce que ma propre sœur peut trouver à cette
godiche.
« Voyons, Jess. Enid est une jeune fille très
sympathique. Liz et elle ont beaucoup de points
communs.
– Mais maman, elles sont là toute la journée à
comploter!
– J'ai l'impression que tu es un peu jalouse. Elles se
préparent pour le bal d'Automne, voilà tout.
– Ne t'inquiète pas, d'une façon ou d'une autre je
saurai bien ce qu'elles manigancent!... »

À paraître dans la série SUN VALLEY :

Ne m'approche pas
Tu le paieras
Une nuit d'attente
Ne joue pas à ça